我的日本爸爸

吳小帽 著

封面插畫／安溥

Chapter 2

我和我的日本爸爸

Chapter 3

日本爸爸和我共同的想念

Chapter 4

日本爸爸的美食冒險

推薦序

這就是愛的原型

丁寧

前年帽帽採訪我，我問了很檯面的話：「帽哥，你第一次採訪我的時候，是爲什麼呀？」

「你那時候又不紅，誰記得是因爲什麼。」我整個大笑，好誠實的人，我很喜歡誠實的人，我開始關注他，也才知道他的日本爸爸。

很多時候面對這種狀況，剛開始也說不上愛不愛，就是責任就是承諾就是回報，就是好像我應該這麼做。這是愛嗎？我不確定。

我有一位朋友母親過世時，她朋友跟她說：「你雖然失去了母親，但是現在全世界的母親都是你的母親了。」

日本爸爸，成了帽帽的母親。他讓責任變成相互陪伴，承諾變成對母親愛的延續，回報的是彼此缺少的那塊，慢慢，被填滿了。像根細線，串起破碎的虛線，讓彼此的形體有形有色了。

我喜歡這個故事，喜歡這樣意想不到的愛的形式，更喜歡誠實的人和誠實的文字，每個文字都成了活生生的影像在我眼前上演。

《我的日本爸爸》這書像在喝一碗煲很久的湯，看來清淡，口味不重，暖暖地滑下胃卻營養充足，全身溫熱了起來。

這就是愛的原型，讓我們看到，愛的無所不在，超乎我們的想像。

也是多元成家最高版本。

愛。

（本文作者為作家、演員）

推薦序

人生，痛並快樂，未完並待續著

杜政哲

算起來，我跟帽帽認識超過二十年了。我們不是很常見面的那種朋友，但久久一聚，話題總能天南地北，不需要迴避害羞的話題，真心話也能說，這樣的朋友很珍貴。

早些年帽帽還在當記者，聚會時他一針見血的幽默總是能引起譁然，喜歡的人笑得熱烈，不喜歡的自動退開。帽也不是很在乎，他很有自己的樣子，那時候我常覺得他下巴仰得高高的，年少輕狂的眼角睥睨著世界，很像張愛玲寫過的什麼人物。

後來他離開自己的舒適圈，到北京等地工作了好長一段時間，兜兜轉轉又回來臺北，雖說我長時間follow他臉書，但闊別許久再見到面時，還是覺得他變得很不一樣，時間好像把他鋒利的稜角打磨得平滑純粹，於是他原生性格裡的那些真誠完全立體，怎麼樣也藏不住了。

帽帽很會寫別人，尤其會寫藝人，寫自己的時候也沒對自己客氣。讀這本書，讀他娓娓敘述生命裡的各種衝擊，酸酸澀澀的，好需要深呼吸一大口空氣，原來他這些年經歷了這麼多、這麼多，那些深刻而強烈的愛與別離，在翻篇後又迎來了新的課題。

好喜歡那些小小的、瑣碎的、可愛的日常，雖然偶爾沉重，卻都真實得讓人動容。

這本書裡的故事，加上原來在臉書上就很熟悉的篇章，帽帽的文字總是讓人很有共感，我想起自己的一些經驗，撐著一個怎麼也睡不著的夜晚，憋著滿腔心事，熬著等著，無論如何都會盼到窗簾外泛開的天光。

帽帽跟我說，我們的友情像是重新撿回來的。

這幾年他的身分越來越多重，「帽筆生花」這個品牌也經營得越來越成功，我們還是沒有常見面，但每次見面我總是讚嘆，他就是有一種不放過自己的帥氣，人如其文，《我的日本爸爸》書裡的每個章節栩栩如生，人生的故事不外如此，痛並快樂，未完並待續著。

（本文作者爲金鐘編劇、導演）

推薦序

我們有愛人的能力，也深深地被愛著

曾寶儀

「謝謝你請我吃飯，謝謝你陪我吃飯，謝謝你讓總是一個人吃飯的我比較不寂寞。」看到帽帽寫到這裡的時候，我心裡「喀登」了一下。就是這個啊！

二〇二三年四月，我的朋友吳禮強（帽帽）開始在他的粉絲頁連載〈我的日本爸爸〉文章，每隔一段時間，就會看到他整理、記錄起與日本爸爸同居的日常。

是的，是日常。吃了什麼、在哪裡遇到了什麼好人、調整了什麼心態，從這些一點一滴的小細節，拼湊出兩個沒有血緣的家人如何互相扶持、依賴，如何在裡面照見愛。

在看書的過程中，不禁想起我很喜歡的一部日劇《重啟人生》。戲裡的女主角不斷重複同一個人生，想要累積多一點「功德」，以便下次能投個好胎。但在一次又一次重來的過程中，她逐漸發現其實自己最珍視的不是「下一世」，而是一世又一世裡，那些瑣碎的細節——那些與閨密插科打諢、聊八卦、談日劇、唱KTV，那些看來不足以寫進日記，我們覺得再平凡不過的日常，讓她明白，其實我們就是爲了這個一來再來的。

爲了在這些平凡中，發現我們有愛人的能力，而且我們也深深地被愛著。

這是一本充滿愛的書，而那些未竟的遺憾，還沒有流完的眼淚，都在每一天的陪伴中逐漸消弭。

（本文作者爲作家、主持人）

推薦序

用柔軟的身段，面對生命突如其來的考驗

陶晶瑩

是朋友，也是同事；曾經合作，也有過關係緊張的對立（傳媒與藝人），這就是我和帽帽這二十多年來的友誼。看到他對工作的投入、對愛情的癡狂，曾經意氣風發，也因爲時代變遷、媒體型態改變而短暫失去戰場，這些人生的起起伏伏，也是我輩中人的共業。

有些人面對挫折是一蹶不振、有些人因爲自己不滅的實力而歷久彌新，帽帽屬於後者。

在步入中年之後，我們都要面對更艱難的任務，像是處理生老病死，自己慢慢老去、家裡的長輩更是。

我曾經照顧過糖尿病的母親，有幾年每逢冬日年尾，就是我在各大急診室等著搶病房的高峰期，家有小、醫院有老，兩頭燒的焦慮讓我沒能好聲好氣地對待母親。

看到帽帽能在忙工作之餘、照顧糖尿病的日本爸爸，偶爾貼心下廚，偶爾嚴厲地限制爸爸飲食，還能在公關、採訪文章都已經寫不完的壓力下，「帽筆生花」地記錄和爸爸的生活，除了佩服，也很欣慰。

那個任性的小男孩，終於長大了，一肩扛起（可以不是自己的）責任，用感恩柔軟的身段，面對生命突如其來的考驗。

加油喔，日本爸爸和帽帽。

（本文作者爲主持人、作家）

自序

十萬日圓

一開始，「我的日本爸爸」只是我寫在私人臉書上的一些牢騷，記錄他初期剛來臺北和我一起住的生活，宣洩我剛開始成為一位照顧者的壓力。寫著寫著，得到許多不錯的反饋，大部分的人稱讚我「孝順」「很不容易」，但我總覺得，每個人碰到和我一樣的情況，應該也會做出同樣的決定吧？

後來才知道並不然。有些人說：「很多人連親生父母都沒在照顧了。」但之於我，照顧日本爸爸的這項決定，像是本能的反射動作，憑著一股氣，大腦告訴我就是該這麼做，然後就發生以及走到現在了。

有一個很奇妙的感受是，和日本爸爸一起生活的日子像是搭上一班列車，順著時間軸不斷往前推進，旅程中卻總是會經過一個又一個隧道，帶我穿越、回望到過去的某個時空。

母親和他還定居在日本的時候，我幾乎每年都會去探親，每一次住進他們日本的家，我都會獲得一個信封，裡面裝著十萬日圓，做為那一趟旅行的零用錢，即便後來我出社會工作賺錢了，每一趟日本行，都還是有那十萬日圓。

後來他們搬回臺灣，每隔一段時間我還是會去日本旅遊，出發前母親還是會拿著裝了十萬日圓的信封，跟我說：「這歐吉桑給你的。」我從婉拒、推託、不好意思，到後來習慣成自然，因爲十萬日圓的價値，絕不只兩、三萬元新臺幣，那是一種關係、一分愛。

每一次看頒獎典禮，得獎的演員、歌手上臺領獎時說：「我眞的沒有想過……」我心裡都會暗自吐槽：少來了，入圍之後應該每天都希望典禮趕快到來，希望自己在頒獎人說「得獎的是……」時，聽到自己的名字吧？

但能把我和日本爸爸的故事寫成書，並且帶著與母親的回憶一起出版，眞的是意料之外。多年以前，我因爲害怕日後忘記，就已經把失去母親的傷痛，書寫下來，記錄自己從極度悲傷到療癒的過程，以及她是如何辛苦獨立扶養我長大……在我心中，她是非常偉大的女人。

也許每個孩子都覺得自己的父母是全天下最偉大的人吧？所以我曾經不只一次把一些簡單的書稿寄給出版社，結果都被打槍，有的出版社提供我可參考的暢銷書籍，建議我可以朝著什麼方向修改文章；有的出版社說「你先寄給我看看」，然後石沉大海。

所以在上一本書的十二年後，能有機會再寫一本書，我眞的是不敢相信！而且，終於可以出一本不是講娛樂圈的書。

我沒有太多華麗的辭藻，但我有很眞實、豐沛的感情，可能因爲這樣，大家總是能快速直接地感受我文字裡的溫度。我不笑的時候，看起來是個很冷漠的人，所以能夠透過文字擁抱你，讓你們在這些文章裡得到溫暖與撫慰，是我很大的福報。

這不僅是母親留給我的功課，也是她對我和歐吉桑的愛，轉化成另一種形式延續。

謝謝《鏡週刊》的王思涵、鄒保祥兩位文字、攝影記者，因爲你們的報導，讓「我的日本爸爸」有機會被更多人看見。謝謝究竟出版社的同仁，讓我和日本爸爸可以和大家共享這段奇幻旅程。

Chapter1

歐嗨唷，日本歐吉桑

01 臨終的託付

十二月二十四日，平安夜，晚上約好了要在閨密家聚餐過節。

那天是週末。中午照例回基隆和母親、歐吉桑吃飯。他倆從日本搬回臺灣定居的那些年，每兩週回家吃頓飯、給他們看一看，已經成爲我和老人家固定的互動；沒回家的日子，我每天打電話，再來就是陪她到醫院回診、化療。

這天一進門，氣氛跟以往很不同，明顯家裡有狀況。過去一個禮拜，常接到家人打電話告訴我，母親又跌倒了，說她的腳浮腫得很厲害，我總是又急又氣，有時還會帶著責備的語氣問她：「怎麼又跌倒了？爲什麼不叫人幫忙？」

後來我才想通：她不是不想找人幫忙，她是無能為力。推開家門，母親獨自坐在沙發上——說是坐，身體卻半傾斜，好像隨時有可能會摔下來的危險。歐吉桑在房間休息，在我眼前的母親，看起來奄奄一息，臉色非常慘澹。我連鞋都來不及脫，馬上撲到她面前：「媽，你怎麼了？很不舒服嗎？我們去急診好不好？」

她恍惚、無力地點頭。原本兩天後的週一，腫瘤科醫師已安排她住院檢查，但母親當下狀況極差，看似不能再等了。這一生，她吃苦忍痛，也不喜歡麻煩人，同意去急診，就代表她是真的受不了了。

在歐吉桑和二姐的陪同下，我們火速搭小黃到臺大醫院急診，迅速做完檢傷，母親馬上被推進重症區，沒多久，我收到生平第一張病危通知單，上面寫著「呼吸衰竭」，那一刻我才驚覺，母親的病情比我知悉的還嚴重許多。這段時間，我一直以為她的呼吸急促、過度喘氣是甲狀腺亢進引起，其實不然。

母親被醫護人員戴上氧氣面罩、打了點滴之後，狀況看起來稍微穩定了。晚上家人都回基隆，我獨自留守陪病，第一次幫母親換尿布，並不會感到為難，只是怪自己笨拙不熟練。換好尿布，母親說她肚子餓想吃蚵仔麵線，但為了用餐拿下呼吸器，沒吃幾口就喘了；她說口渴想喝水，含著吸管卻連水都吸不太起來。母親的肺活量，究竟還有多少可以存放氧氣的空間？

・・・

幾乎忘了時間，忘了朋友們在聚餐這件事，反而是一鬆懈下來，就累得睡著了。半夢半醒間被叫醒，瞥了牆上的鐘：凌晨快一點，此刻已經是聖誕節了。護理師說，樓上的加護病房有床了，母親很快地被送過去，緊接著是住院醫師鉅細靡遺地向我詢問母親的病史：什麼時候罹患腫瘤？治療多久了？甲狀腺亢進的情況多久？是否有吃藥……我一一交代，同時也簽了一堆同意書。

一點半，醫生問我住哪裡？知道是在臺北市後，要我回家休息，早上再過來就可以了。我狼狽地踏出加護病房，聽到銀色的自動門在背後關上的那一刻，我雙腿一軟，幾乎要跪在地上，茫然得手足無措。

突然間手機響起，朋友看我在臉書Po了一張病房照片，跟我說：「我現在過去找你。」我婉拒了，此刻我只想一個人；撐起雙腿搭電梯下樓，離開醫院時很想大哭一場。入夜後的中山南路，空曠得幾乎沒有人車，街燈和聖誕燈暖暖的，空氣卻冷得令人那麼無助。

隔天早上我到醫院的時候，母親已經醒來了。意識相當清醒，精神看起來也不錯，她把我叫到床邊，開始跟我交代提款卡的密碼、家裡什麼地方有比較貴重的東西，還有要照顧歐吉桑……

「唉喲，你現在說這個幹嘛啦！」我不想聽，臭著臉轉過身，但一背對她，整張臉馬上被淚水淹沒。

・・・

一個多月後母親離開了，處理後事跟財物時我才發現：

不是啊，媽，你告訴我的密碼根本是錯的啊！

02 所謂的照顧

母親從平安夜送急診、住進加護病房到離開這個世界，短短三十八天。從確診肺腺癌到過世的六年間，她歷經手術、化療、轉移、再手術、再化療……一路上都很配合跟勇敢，但我和她一直有個共識，若真的到了要說再見的時候，我必須放手讓她走，不要讓她承受無謂的痛苦。

多年後回想，母親生命最後的那一個多月，情況真的很差，呼吸器幾乎拿不下來，全臉式的氧氣面罩在她臉上勒出痕跡，沒有力氣吃喝，令我非常心疼。臨別那一天，我才剛從醫院回到家，又被看護的電話call回去，說醫師跟護理師正在搶救，希望幫我們爭取更多時間，讓家人能夠及時趕到。

歐吉桑和母親的姊姊（猶如我第二母親的阿姨）、哥哥、姊姊和姪甥們陸續趕到，我生活中最重要的幾個閨密也來見母親最後一面，她們都和母親很熟。在那當下，我的心非常混亂、害怕，但我記得大家圍在床邊，都是請母親安心地離開；我握著母親的手，頭靠在她的臉龐，彷彿回到小時候跟她撒嬌的光景。

我依稀聽到嫂嫂還是姊姊跟母親說：「阿姨，不用擔心，我們會幫阿強一起照顧歐吉桑。」歐吉桑聽不懂周圍的人在說什麼，只是不斷拿著手帕拭淚，那是我從十幾歲認識他以來，第一次看到他在哭。最後，我在母親的耳邊跟她說：「媽媽，不用擔心我，我會好好的；你不要害怕，你要跟著有光的方向走，沒有病痛的極樂世界就在前方等著你。」接著，儀器上的心律，就像電影中看到的那樣，慢慢變成一條線……

自那一刻起，我沒有母親了。

母親在世時，看過我工作平步青雲，成就最值得她驕傲的階段，有時候我會慶幸她離開的時間點剛剛好，因爲在那之後的幾年，媒體生態轉變更爲劇烈，而我也歷經北漂、失意返臺、返臺失業、失業後重新再站起來的人生震盪，這些起伏，就不需要讓她看見而徒增擔心了。

我一直很想去看看大陸市場，但前二十年的記者生涯，採訪工作做得順風順水，加上母親在跟病魔抗戰，就算有歐吉桑陪伴，我還是不可能拋下她去遠方；她生病的這六年，我最自豪的是她每一次從基隆到臺大回診、打針化療，我沒有一次缺席，領到了全勤獎——雖然這張獎狀，未能幫我留住母親。

她離開之後，我沒有家累、沒有牽絆了，所以想去對岸闖一闖。

從小我就是一個非常能自理的孩子，小至染髮、穿耳洞、大到聯考只選傳播系以及買房子，都是做了決定之後才告訴母親，而她也總是支持著我。

所以當以前的老闆、「綜藝教母」葛福鴻（葛姊）來找我，問我有沒有興趣到北京工作，我聽到合作對象是當紅的藝人，又爭取到不錯的薪資福利，沒有猶豫多久就義無反顧地去了（至於北漂的故事，又有許多說不完的篇章）。

・・・

那麼，歐吉桑呢？說好的照顧呢？

母親在世時，我每兩個禮拜會回基隆一趟；母親離開後，我一年回基隆兩趟。我的家庭背景是這樣：父母離異後，我跟著母親生活；後來她去日本工作賺錢，也因此遇到歐吉桑。我的成長過程幾乎是阿姨、姨丈一家在照顧我，感情的親密程度，是我從來不會叫哥哥、姊姊爲表哥、表姊。

阿姨視我如己出，兄姊們就像我的親手足，所以後來母親有能力買房子，我們兩家就買在同一幢樓的樓上樓下，互爲照應、互相照顧。

當時的我認爲，因爲跟歐吉桑的語言不通，回家得面對雞同鴨講的境況，爲了避免尷尬，決定減少回基隆的次數。所以去北京打拚，對他來說應該沒差吧？每個月我還是會準時把生活費轉帳到他的戶頭，讓他一個人在臺灣仍能吃、住無虞，這就是當下我認爲的照顧了。

03 風雲變色的單身生活

記憶中，在我小時候，家是很「窮」的。房子是租的，善良的奶奶被倒會欠了很多錢，父親常常不在家，爲了生活，母親在我小學三、四年級的時候，在朋友介紹下赴日本工作；我小學畢業前，她就和我父親離婚了，之後的二十多年她長住日本，每年回來一、兩次，或是我在寒暑假時飛過去探親。

母親上班的地方是一家臺灣人開的、可以喝酒和唱卡拉OK的店，其實我沒有眞正問過她工作內容，但大概像《華燈初上》裡的Rose媽媽、Sue媽媽那樣吧？（還是其實是百合？總不可能是阿季吧，喂～）

母親個頭嬌小如白冰冰，牡羊座的她個性剛烈，年輕時的一雙大眼很像金馬影后惠英紅，豪邁的歌聲宛如ØZI的媽媽葉璦菱。

她外型漂亮有女人味，豪爽的個性又不輸男人，所以異性緣一直很好。在我中學階段，同時有三、四個不同的「叔叔」在追求她，但高中畢業之前，「叔叔」就被淘汰到只剩一位，不知道他用什麼打動了母親，還是母親什麼特質吸引他，總之他們從此只爲彼此轉身，他就是現在成爲我繼父的歐吉桑。

因爲語言上的隔閡，多數時間我和歐吉桑沒有什麼互動，但我很清楚並感激，在成長的路上他給予我的資助與供養：每一回去日本玩或出差，都是他和母親開車來機場接送；我去日本就像回家，白天工作、逛街，回到家裡他會準備生魚片、河豚火鍋、和牛壽喜燒……冰箱打開，永遠有最大顆的蘋果和水蜜桃。

退休後，他和母親一起搬回臺灣生活。當時他看起來還很健朗，完全看不出已快七十歲，母親差不多六十歲，我心想她大半輩子都在海外生活，晚年心情應該是想落葉歸根，而且回來還有兒子可以依靠。我清楚記得當時她說：「這世人都是歐吉桑在照顧我，來臺灣之後，你跟我一起照顧他。」我說「好」。

但也許眞的是因爲我和歐吉桑沒有血緣關係，所以母親走之後那幾年，雖然我很難過、痛苦，同時又有一種如釋重負、這輩子再也不需要爲別人生老病死牽掛的輕鬆，也因此才能毅然決然地去北京工作。

・・・

歐吉桑有糖尿病，十多年前他第一次被診斷出此病症，是因爲連續喝了幾天的汽水、果汁，血糖值高到爆表測不到，就像母親平安夜入院一樣，從基隆趕到臺北急診。我在急診室看到他時大爲吃驚，因爲他整個人面黃枯瘦、小了一號，頹靡的模樣很像快熄滅的蠟燭。經歷那一次危機，他戒掉菸酒，飲食變得清淡，持續回診看醫生。

他定時吃藥，每三個月回診，幸運的是，那位新陳代謝科醫師剛好會說日文，所以這些年我都自以爲安心地把他丟給基隆家人照顧，讓姪子開車載他去看病，我在臺北、北京過我的生活，從來沒有陪他去過一次醫院。他確診Covid-19時，我也是火速幫他張羅隔離期間的食物跟清冠一號，隔著基隆的家門向他說：「我送東西回來給你喔！」僅此而已。

二〇二二年底，他在基隆的家因低血糖昏迷，三個月內又發生第二次。得知消息的當下，我都在重要的工作與會議中，沒有在第一時間面對他倒在地上的衝擊畫面，打一一九叫救護車的人也不是我。我是在工作空檔時，打電話問家人關於他的病情進度：醒了嗎？有意識嗎？看護來了嗎？

有空的時候就去醫院看他、買一些吃的，該付的錢我付，該買什麼我買，差不多就這樣。我知道自己在逃避，因爲就算我去了醫院，還是沒辦法跟他溝通，去幹嘛呢？還有，自從母親過世之後，我極度抗拒去任何醫院探病，深怕被勾起很多已塵封、不想再浮現的畫面。

・・・

昏倒了兩次，就可能會有第三次，他就像一顆不定時炸彈。

該怎麼辦呢？我必須想辦法。

申請長照？服務人員客氣地跟我說，他不是本國籍，無法免費。

送他去住養老院？不可能吧，他一句中文都不會說，被欺負、虐待怎麼辦？

回日本，也就是他的國家申請安養院？哇！光想到他會有被丟包的感受，我就滿滿的罪惡感。

至於二十四小時的外籍看護，應該可行，但申請需要時間，絕對趕不及在他出院之前，還有，若他和看護兩個人住在基隆，語言不通該怎麼解決？

所以我決定把他接來臺北自己照顧。

出院那天，問他需不需要輪椅？他說不用，但看他拿著拐杖走路的背影，八十三歲的他已經比六年前母親離世時蒼老、孱弱許多。

自那天起，我和我的日本爸爸，正式開啟新同居生活。那也意味，我十多年自在的單身生活，從此風雲變色。

04 始於那隻「麵龜左手」

時間倒退一點，歐吉桑第一次因爲低血糖昏倒時，家人們和我都嚇壞了。他趴在地上叫不醒，不知道昏迷了多久，後來我回家整理環境，客廳狀況極慘，沙發、桌子都被撞歪，可能因爲他突然昏倒所導致，地上還有乾涸的排泄物痕跡，廚房流理檯下方的櫥櫃一打開，強烈的醬油味撲鼻而來，鋪墊在下方的報紙、月曆紙沾滿醬油。

他不是個愛煮飯的人嗎？廚房怎麼會是這個樣子？

那一次，他昏倒當晚，外甥就開車載我去醫院探視。甦醒時歐吉桑一度失憶認不得人、說不出自己的名字，當時我眞的很害怕他傷到腦子，所幸住院一星期後，他就平安返家。我不太明白，當年他是因爲高血糖而被診斷出糖尿病，如今怎麼會因爲低血糖昏迷？究竟是沒好好吃東西、血糖太低才昏倒，還是昏倒太久才被發現，導致血糖下降太多？對此他完全沒有記憶。

老人家一個人住，加上出門要拿拐杖，已經不方便像以往一樣上市場買菜下廚，所以後來我都請姪子幫他買便當當午餐，晚餐樓下會開伙，再下樓一起吃。但姪子跟我說：「叔叔，我常常上去叫阿公下來吃飯，他都說便當還沒吃完。所以我們也搞不懂，他是食量小，還是不喜歡吃便當？還是客氣不想下來跟我們一起用餐？」總之，午餐和晚餐只吃一餐，難怪會低血糖！

・・・

歐吉桑第二次昏倒被家人發現的時間，應該比第一次短，因爲送去急診沒多久他就醒來了，可是這次卻整整住院了一個月，主因是他的左手腫得像麵龜一樣，原來那叫「腔室症候群」。外籍看護說，她一看到阿公的手不對勁，就告訴護理師，但護理師沒有馬上處理，直到手越來越腫，醫生才通知家屬「如果不開刀，壞死了就要截肢」。

當時我根本不懂什麼是「腔室症候群」，朋友們看到我在臉書Po歐吉桑手腫脹的照片，紛紛留言：「這一看就是跑針啊！」但醫院怎麼可能輕易承認醫療疏失？整個過程，他們就是不願意承認漏針。

歐吉桑因爲低血糖昏迷，主治醫師是新陳代謝科（不是定期回診看的那位）；幫他手術開刀的醫師是整型外科，我去醫院探病時，運氣好能遇到的是住院醫師。所以對於歐吉桑從入院時好好的一隻手，到腫成紫色，接著到若不開刀恐怕要截肢……這一切我只想要院方告訴我究竟是什麼原因？但住院醫師、主治醫師不是轉述「外科醫師說……」就是永遠說著我聽不懂的話。

我沒有要申訴、提告，但老人家原本甦醒後就可以回家，卻因「腔室症候群」住院一個月還要手術，多了一大筆看護、藥材、住院費，若眞的是因爲跑針造成的，身爲家屬的我能不能爭取一些費用或賠償呢？那位主治醫師說話不斷迂迴，最後我直接問他：「是不是點滴沒打好造成的？」

他的回答竟是：「我不能說沒有這種可能性，但機率很低……也有可能是老人家昏倒，手壓到太久造成。」最荒謬的是，他說要確認歐吉桑入院時，手是不是已經異常：「可以去調監視器。」

那個月，每次去看歐吉桑，他的精神都很差（可能因爲在醫院沒事做又沒手機，只能一直睡？）每次他問我「手怎麼會這樣」，我都有強烈的無力感，因爲連我自己都聽不懂醫生在說什麼，該怎麼透過翻譯軟體解釋給歐吉桑聽？住院一個月，我感覺他更像在坐監，醒來時除了吃飯，其餘時間只能望著天花板，除了生理上手的疼痛，內心想必更加難熬。

那幾天，我第一次認眞思考「送他回日本住老人院」這個選項，也許不是只有「丟包」這個角度，因爲在他自己的國家，語言可以溝通，如果之後生病了，就醫上是不是比較精準安全？

．．．

「腔室症候群」的處理方式，是在手心、手背各劃一、兩刀、傷口不縫合，改善血流和組織健康。

傷口不縫合是什麼概念？就是每天皮開肉綻但只用紗布包著。糖尿病患者的傷口很難好，必須小心照顧，每一次，看護小姐問我要不要她拍的傷口照片，我都連忙搖手說不要，我不想、也不敢看。

但該來的終究逃不掉。隨著出院倒數，護理師問我要不要學換藥？那時我終於被迫要直面歐吉桑的傷口，真的就是肉上被劃了三刀。因爲腫脹未消，他的左手無法完全施力——經由測試，我們請他用手指夾住衛生紙，紙張很輕易地就被抽掉了。他只剩右手堪用、左手無法出力，還要小心傷口感染，短時間內勢必沒辦法像以前一樣幫自己煮飯、洗澡。

於是我想，把他帶來臺北和我一起住吧！至少等他左手功能恢復，再讓他回基隆。

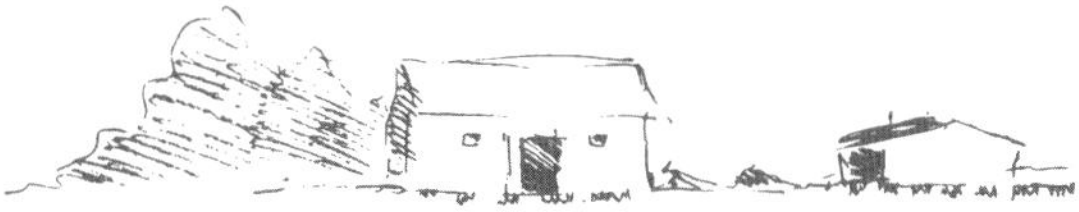

05 「洗澡」這道人生課題

把歐吉桑接來臺北住，最初眞的是抱持且戰且走的心情，認爲就是個階段性任務，等到他左手復原、生活可以自理了，就能讓他回基隆，我也就解脫了。

臺北的家有兩個房間，一大一小，大的是臥房，小的是我的工作室，對於單身的人來說，空間還挺舒適。歐吉桑來到臺北的第一晚，睡前我到臥房搬枕頭棉被，打算去客廳睡沙發，他說：「大丈夫（日文：沒關係）。」示意我可以跟他一起睡沒關係。

但是我有關係啊！我已經想不起多久沒有跟人睡同一張床了，怕對方傳出打呼聲、怕自己翻身影響別人，所以我寧可睡沙發。從他來的第一天，我每天都在跟上天祈求，保佑他的左手趕快好，可以趕快自己下廚做飯，同時間我也在辦理外籍看護申請，希望等一切到位，我的任務就可以告一段落。

除了睡覺，更有關係的事情是：洗澡。出院那天，我問看護小姐：「阿公在醫院有洗澡嗎？」她說：「有啊，都是我幫他洗。」天啊，我眞是什麼都躲不掉：換藥、洗澡、睡沙發。本來還希望看護可以告訴我「沒有洗澡」或「幫他擦澡」之類的答案，但跟據她的形容，眞的就是「沐浴」──歐吉桑全身脫光光、左手舉高高，扶著牆避免碰到水，讓她幫他洗澡。

・・・

我家的浴缸很好笑。當初買下這間房，浴缸是一個吸引我的加分項，因爲夠長、夠深，泡腳時雙腳可以完全伸直；等我住進來才發現，我家的熱水器是儲水式的，水放不到浴缸的五分之一，熱水器裡的熱水就沒了，要重新再儲、再放，所以我住了十多年，只泡過一次澡。但也捨不得拆掉，所以每次洗澡都是在浴缸跨進跨出，掛上浴簾，簡單做起乾濕分離。

要幫歐吉桑洗澡，我最擔心的是他那雙纖瘦的腳出入浴缸會不會很危險、容易滑倒？所以第一次我請他坐在馬桶上，就連沖水也是。就算整間浴室的地板會濕掉也無妨，至少比較安全。

第一週，我們「洗一休一」，畢竟他都在家，沒流什麼汗，也盡量減少傷口碰到水的機率。第二次洗澡時，我發現他比較想進浴缸沖水，而且他很貼心，擔心蓮蓬頭的水由高處往下沖會濺到浴缸外頭，所以自動蹲下來讓我沖水，這對一位八十多歲的老人來說，實在太辛苦了，於是第三次幫他洗澡的那天早上，我去菜市場買了一張矮凳，那天他看我開門抱了張矮凳回家，直接走入浴室，露出會心的微笑。我還幫他戴上塑膠手套（對，就是吃手扒雞那種），用橡皮筋綑起來，這樣傷口沾到水的機率就更低了。

・・・

日本人喜歡溫泉、泡澡，家家戶戶都有浴缸，過去我去日本玩，歐吉桑也曾開車載我和母親到箱根、熱海泡湯，我們早在許多大澡堂就裸裎相見過。但「看到裸體」跟「你要幫他洗身體」，完全是兩回事。人的一生，除了爲人父母幫小孩洗澡之外，幫別人洗澡的機會應該是少之又少吧？

就算他有的，我也有，但看到長輩的重點部位還是挺尷尬。尤其是頭一、兩次，歐吉桑坐在馬桶上，我從站著用沐浴海綿刷洗他的身體，到蹲下來要幫他刷腿時，那麼近距離的「首當其衝」「觸目所及」，感覺眞的非常怪異！但我看他還挺自在的，正所謂：只要你不尷尬，尷尬的就是別人？

幸好，當我快刷洗到重點部位時，他感受到我的停頓，就把海綿接了過去，完成最後步驟。

・・・

照顧歐吉桑，好像是母親留給我的功課，在她離開後的六年，我被命運指派去面對這份功課，但過程裡也意外回放、映照出母親生前的片段，即便有些畫面依然會令我心痛，但就是回來了。

我想起母親生前，我們三個人最後一次回日本，當時她出入已經需要坐輪椅，但那趟旅行，我們竟還安排了兩天一夜的溫泉之旅。

下榻飯店的每個房間裡都有溫泉，但是浴池很深，需要先踩三個石階才能進到浴缸，以她當時的虛弱程度很容易跌倒，非常危險。

我問母親：「我幫你洗澡好嗎？」但她害羞不願意，所以最終我只能妥協，扶著她坐在浴缸的邊上，然後開著門、背對著我洗澡，這樣我才能放心。夜裡，她數度起床尿尿，我也跟著醒來，即便穿著尿布，褲子還是全濕……這些遙遠的、不堪的、心痛的回憶，原以爲隨著母親化爲煙會跟著消逝，卻在我和歐吉桑一起生活之後，冷不防地又給我一記回馬槍。

在母親離開、我放飛自己多年後，她丟來這道人生考題，不只是一紙簡單的測驗，還是三不五時會逼著你複習的考古題。

06 人間天使黃醫師

出院後的第三天，是歐吉桑首個回診日。一大早，我們搭車回基隆，先帶他去整形外科拆線，雖然傷口逐漸密合了，但仍未完全消腫；接著轉去新陳代謝科看糖尿病，那是我第一次見到這些年來幫歐吉桑看診、會講日文的黃醫師。

黃醫師很資深，看起來應該也有六十多歲了。她看到我攙扶歐吉桑進診間以及就診時，我用有限的日文加上翻譯軟體與歐吉桑對話，可能覺得我們的互動很特別，問我：「你是他的誰？兒子嗎？」

我有點支支吾吾地說：「他是我媽媽的先生，算是我繼父啦。」再簡單說明母親在日本工作、再婚、定居的過往，以及之後兩人搬回臺灣的事。

黃醫師聽完之後說：「那也是兒子。」我說：「對，只是法律上沒有承認我們的關係。」

不知道是否因爲沒有被法律認證，或是和我有血緣的生父還在，我一直不太習慣用「父子」一詞跟旁人介紹我和歐吉桑之間的關係，就連要用「繼父」這個詞，我也覺得卡卡的（可能市面上太少聽到？）其實我有想過，是否要讓歐吉桑收養，但法律程序很麻煩，我得先脫離跟生父的關係、再請歐吉桑收養我……但要如何開口跟我爸說：「我要跟你脫離父子關係。」（會不會太像在演八點檔？）

・・・

黃醫師問診非常仔細，特別是對他的飲食：吃了哪些東西？分量？時間？……說眞的，我從來沒有意識到家裡有位病人，需要我記錄這些細節，於是我只能把歐吉桑來臺北的這三天，我有印象、我所觀察到他在作息與飲食上的問題跟醫生說，比方他晚餐之後就很少進食，等到隔天早餐，差不多是十三、十四個小時後，隔餐時間這麼長，血糖會不夠嗎？

一直專注在打病歷、多數時間跟歐吉桑對話的黃醫師突然抬起頭跟我說：「我看你這樣對他，我很感動。」

哇！這句話，讓我有點猝不及防，突然眼眶一陣熱，甚至花了點力氣抑制住流眼淚的衝動。

照顧母親的日子裡，雖然沒有每天住在一起，但我盡心盡力，被誇是位孝順的兒子，我自認還扛得住；反而是對於歐吉桑，我已經逃避了很多年，每當有人跟我說「你很棒」「了不起」，或是說「沒有血緣的愛讓人感動」這一類的話，我其實會因爲自己的拖延而有點自慚形穢，另一方面也眞的覺得沒什麼大不了，所以我總是說：「不論是誰碰到了，應該也會這樣做吧？

不然能怎麼辦？」

但是此刻，有位素昧平生的長輩，當著我的面說「她很感動」，那個面對面被肯定的瞬間，鼻子真的會酸一下，然後告訴自己：「表示你做的，應該真的還可以。」

・・・

離開診間前，黃醫師跟我說：「我很想教他怎麼吃飯（飲食）。」其實澱粉、蛋白質、蔬菜、水果的原理跟比例，基本上我都知道，但就是知易行難，要做到「正確」的飲食，並不是件易事，但我還是開心地跟黃醫師說：「好啊！」

她說下班回家後再用日文寫給歐吉桑，要我再去找她拿飲食祕笈，最後還跟我握手說：「我們一起努力照顧好他的身體，好嗎？」

在經歷住院期間那位不知所云的主治醫師之後，同樣是新陳代謝科的黃醫師，她的細心、關心在我眼裡，宛如一位人間天使。

儘管每一天、時時刻刻我都希望歐吉桑的病快快好，好讓我早日回到一個人住的生活，但才幾天下來，我內心的不情願已經少了很多。在照顧他的過程中，也再一次看見自己的性格：我就是個沒有辦法擺爛的人，不管歐吉桑要在臺北住一個月、三個月，還是半年……只要在同一屋簷下，我就會盡我的能力，好好照顧他。

07 全老人運動會

住家樓下的管理員任先生是一位盡責又友善的大哥，據說是職業軍官退役，人瘦瘦的，個兒卻很挺拔。每次要出差或是出國旅行幾天，我都會請他特別幫我留意一下有沒有郵件、告訴他有朋友會來幫我餵貓。

歐吉桑來了幾天後，任先生跟我說：「你們家那位老先生，如果你有空，要多帶他下來走走路啊，不出門不好。」我想也對，他在家裡不是躺著就是坐著，偶爾起身在窗邊做做伸展，差不多就是他的運動了，所以當天晚上我就跟他「預告」：「明天吃完早餐，我帶你去公園散步喔！」

平時我去買菜，都會經過一個有籃球場和溜滑梯等兒童遊樂設施，還有幾張長椅、單槓的社區公園。我每次眞的就是「經過」，從來沒有停下來過，直到要帶歐吉桑去散步這天，才是第一次駐足。

還沒走進公園，就聽到音樂聲（莫非在跳廣場舞？）看到很多坐在輪椅上的長者以及推他們前來的外籍看護，大家自動圍成一個L型——原來今天剛好是公園運動日，附近長照中心很年輕的有氧老師來這裡教爺爺奶奶們做運動，現場就像是一場「全老人運動會」。

一小時的課程還滿有趣的：前十五分鐘比較像是熱身的有氧體操，老師邊喊口令示範、邊帶著這些長輩活動手臂、活動大腿、動動肩膀……就算是坐在輪椅上的阿公阿嬤也沒關係，可以抬腿就抬腿，不方便抬腿就舉起雙手跟著動滋動，不用害怕跟不上，也別擔心動作不標準，因爲老師的目的只是希望帶領大家「動」起來，活化老人家的大腦跟協調性。

十五分鐘後，休息五分鐘。接下來的課程更有趣，現場彷彿成了外籍看護們的有氧課：她們自動站成兩排，跟著音樂節奏和老師的動作一起跳，很像是健身房團體課程的hi-low有氧舞蹈。

其實那對我來說，根本是超級小菜一碟，但第一次到公園運動會，歐吉桑和我都有點拘謹，第二週就不一樣了，我特別換上運動鞋在場邊跟著活動，畢竟歐吉桑來了之後，我盡量減少出門，上健身房的時間大幅下降，趁此時一舉兩得剛剛好！

那些包著頭巾的看護們很可愛，有時顯得害羞、有時又因爲跳錯笑個不停，現場氣氛很輕鬆歡樂。突然間，我覺得這一小時，不只老人家開心，那些辛苦離鄉背井來到臺灣生活的女子，也獲得了放鬆。

第一次參加運動課的歐吉桑比較害羞，他遠遠地看著，做動作時小小地、意思性地比畫兩下；第二次我帶他坐到離老師比較近的地方，他看得更清楚，也做得更賣力，回家後幫他測飯後血糖，數值一一六，他滿意地笑了。

···

我的生活，漸漸變得好像不再只有「自己」。

和歐吉桑一起生活的日子，打開一些過去不曾有的視野，不時會出現一些突如其來的反思：原來很多日常的事一直在身邊發生，差別在於有沒有用心留意，還是讓它「經過」。

08 老人與貓

如果說歐吉桑是我的新室友，那在他住進來之前，這間單身男子宿舍還有兩位「學長」，也就是我的兩隻貓。

我的第一隻貓Gucci跟母親同一年過世，後來我又領養了兩隻。黑白虎斑貓叫Happy，很胖，快八公斤了；橘貓叫Healthy，穠纖合度，兩隻身體都很長，六年前剛來家裡時都瘦瘦的，我常自豪牠們的體型是貓界林志玲。

六年過去，Happy整個身材大走鐘，但牠非常親人、好相處，因此相處一段時間後，歐吉桑很明顯地比較喜歡Happy。

歐吉桑搬進來後，家裡很常出現一個畫面：他坐在床上看電視，Happy

趴在他跟前，有時他們就這樣靜止不動，有時會看到他用腳撸Happy的背，或是Happy用身體蹭一下阿公，「祖孫」倆三不五時還會出現對話，所以我猜想，Happy的日文程度現在應該比我好很多。

阿公會和Happy玩逗貓棒，每次我聽到他用日文跟Happy說「降譜（Jump）！降譜」時，都很想偷笑。至於Healthy，還是跟阿公保持距離、繼續孤僻，牠和阿公之間的互動，幾乎都是……阿公在罵牠。

Healthy總是一張哀怨憂鬱的臉，溝通師說牠長期被Happy霸凌，但其實牠才是每天霸凌我的臭貓。大清早天剛亮，牠就叫個不停，我經常懷疑自己養的是公貓還是公雞……那個時間是我睡眠最深沉的時候，偏偏我又對聲音很敏感，無法忽略牠的叫聲。

我經常被牠的叫聲惹毛，有時候，我會拍拍床鋪示意牠上床撒嬌，但牠好像看不懂（還是不想理？）我的拍拍；有時候，我的起床氣會令我怒到拿抱枕丟牠，然後繼續睡。

起床後，不是在大門入口，就是臥房門外，我會獲得一「泡」禮物，而且不知為什麼，自從牠來到我家的第一天起，平均每兩天會在大門入口處大便一次，如果當日牠乖乖在貓砂盆裡拉屎，就是我該感恩的幸運日。

我內心暗爽，有了歐吉桑，過去我被Healthy凌遲的一切，現在不僅有人證，還得和我一起分擔，例如Healthy那如泣如訴、哀怨又悠長的叫聲，還有那三天兩頭在房門口的一「泡」大禮，養過貓的人都知道，貓尿有多臭、味道有多難清洗。

・・・

這兩隻貓，完全不怕日本阿公，每天在家裡追來追去、橫衝直撞，一會兒從沙發椅背飛過，一下子又跳到房間窗檯上。八十三歲的老人家，哪會懂貓咪的習性跟邏輯，看我罵貓的時候也跟著我吼（我其實已經很習慣牠們在家裡發瘋，只有牠們衝撞得太激烈，或是打架打到 Healthy 看起來眞的是被霸凌了，我才會喝止）。

但歐吉桑就是不分青紅皀白，看到牠們在貓跳檯和貓抓板上磨指甲，抓出比較大的聲音時，他也會去喝止。有一次，我看到他對著 Healthy 叨念，Healthy 卻一臉狐疑地看著他，那畫面讓我想到有一些父母不喜歡阿公阿嬤罵孩子，就是一種自己的小孩只能自己教、自己罵的概念——看到歐吉桑在罵我的貓，我竟也產生這樣的感覺。後來我透過翻譯軟體跟他解釋那是貓咪的玩具，以及貓的習性就是喜歡跳高高。

・・・

他對於 Happy 會等門歡迎我回家這件事感到很不可思議，因爲每次我剛出電梯，Happy 聽到我的腳步聲，就會衝到門邊的鞋櫃旁迎接我，幾次之後，歐吉桑發現Happy的習性，向我發出「誒～？」的疑惑，然後說：「牠知道你回來。」

愛吃醋的Happy有了阿公的愛，也因此，Healthy能放肆地跟我互動的時間就變多了，過去只要我摸Healthy被Happy看到，牠會馬上過來表示牠也要。如今，兩隻夜裡進不了主臥室的貓，晚上會來睡在我的兩側，Healthy甚至會趴在我的肚子上，或是在天將亮、Happy還在熟睡時，跑來我的身邊。也許這段時間讓牠意外有了愛的滿足，竟然很久沒有亂尿、亂拉屎，真是太感恩了！

現在，對我而言最可怕的，反而是歐吉桑的學貓叫……你能想像一個八十多歲的老男人，用高八度、細細尖尖的音調說「niao～niao～」嗎？麻煩你閉嘴！

09 照顧者的 me time

歐吉桑剛搬來臺北和我一起住的第一個月，我整個人是非常緊繃的。因爲他曾兩度因爲低血糖昏倒，我很害怕還有第三次。他的飲食規律，晚餐過後幾乎不再進食（我是指他當臺北人的初期，現在可鬆得不得了），怕他到隔天起床時餓太久，所以我問他：「你平常都幾點起床？」他說：「住基隆的時候，都是媽媽起床，我也跟著醒來。」也就是清晨五、六點。所以他住進來的前幾天，天一亮，我就自動從床上彈起，看他起床了沒。後來發現他都還在睡（該不會昏迷了？）我總是很焦慮：天啊，現在到底是睡著了，還是昏倒了……「歐吉桑，歐吉桑……」我叫他，沒醒；再搖搖他的身體、他的腳，醒來，焦慮解除。

就是怕他血糖太低，所以睡前我會在房間裡放一罐營養素，告訴他如果比我早起床、肚子餓又怕吵醒我，可以先喝營養素，等我醒來再做早餐給他吃。

那陣子，我睡得很不好、很緊張，尤其是早上七、八點了，房間若還沒有聲音傳出，就會陷入要不要去叫他的掙扎。後來發現……屁咧！最好是清晨五、六點起床啦！也許有，但他可能是起床上個廁所，回房間把電視打開，然後看一看又睡去，就是很標準老人家的樣子。

・・・

我是接案工作者，已經比一般上班族幸運，在安排工作的時間上有比較大的彈性與自由度，但每個星期還是有不少日子，需要外出開會、採訪、錄節目，每一次出門，就會提心吊膽，深怕他一個人在家，會不會有突發的意外。

於是我去買了家用攝影機，架在客廳電視前，出門時想到他就打開APP看一下。每當他消失在鏡頭裡，我就會很焦慮，後悔自己幹嘛這麼小氣，當初應該多買一臺裝在臥房；但沒多久我就釋懷了，因爲他進房間就是睡覺，他躺在床上的樣子，透過鏡頭也分不清是睡著還是昏倒。不過，隨著他手的傷勢慢慢復原，體能各方面漸入佳境，我也跟著比較放鬆了，有時候我在外頭，還會打開APP用麥克風跟他打招呼，而他也會很自然地回應我。某一天我在看電視時，意外發現攝影機早就被兩隻貓踢歪方向，根本沒對著沙發，我才驚覺，自己已經好久沒有打開APP了。

除了擔心他一個人在家昏倒之外，新同居生活對我來說的另一個壓力來源是我已經很習慣一個人住太久了：雙人床，看我心情，高興睡哪一邊就睡哪一邊；洗完澡，不穿衣服走出浴室，平常在家脫光光也沒關係。如今突然有一個人闖進我的生活，瓜分了生活上的空間與自由度，令我相當、相當不習慣。

我從學生時期，就是張曼娟老師的讀者，近年讀她的作品《我輩中人》《以我之名》，看她照顧年邁雙親的故事，知道照顧者的辛苦，所以在決定要照顧歐吉桑之前，我就先確認了一個原則：要先把自己照顧好。所以，縱使我原有的生活形狀被破壞了，還是必須保留某些程度的自己。

於是，需要me time的時候，我就出門喝杯酒，捷運中山站附近有間小酒吧，點杯好喝的調酒，坐在戶外看人車經過，放空腦子、看看天空轉成夜幕前的藍，很美，這種忙裡偷閒，就是我喜歡且珍惜的生活。當我發現他越來越能自理了，我也逐漸恢復和朋友們的聚會，也許先幫他買好晚餐再出門，或是去便利商店買幾盒他喜歡的便當，他都吃得很開心。

・・・

常有朋友提醒我，要先照顧好自己，我總是請大家放心，我不是一個會勉強自己的人。巨蟹座的我常說，水象星座是「水」，很容易在愛裡變化爲不同的形狀，我在照顧歐吉桑的過程中才發現，這項特質不只適用於愛人之間，原來愛情之外，對於親情我也是這個樣子。

如果你也是個照顧者，在爲別人付出的時候，千萬不要忘記自己，一定要和內在的自己取得平衡，這樣，關係才能長久下去。

10 勤奮的好學生

出院後的前兩個月，歐吉桑還需要到基隆回診。從我家出發，帶他到基隆的醫院，基本上有兩種路線：路線一是到市府轉運站搭往金山的客運，可以直接在醫院門口下車；路線二是從我家對面上客運，下車地點在基隆車站，再轉公車或小黃去醫院。

我們通常走的是路線一，先叫車到市府轉運站搭客運；反之，回到臺北下客運後，也是搭計程車回家。有一天，我心血來潮，跟歐吉桑說：「我教你搭公車好不好？」所以看完診、回到臺北後，我們就一起搭公車回家。先請他記下公車號碼，告訴他其實在臺北搭公車很方便，大部分都是棋盤式路線；而他也很認眞地看著窗外、我幫他數經過了幾個公車站牌，記下路線是怎麼行駛的。

回到家，他馬上像個小學生般，打開他的筆記本，一筆一畫地用他的方式，記錄該怎麼搭車。他寫字，眞的是一筆一劃，慢條斯理卻很工整，可愛極了。

約莫在他來臺北住了一個多月後，有一天我跟他預告：「明天中午前，我就要出門工作了，可能一整天都在外面，你可以自己去便利商店買便當嗎？還是要我先幫你買什麼？」沒想到他跟我說，他想趁我不在的這天，自己「練習」坐車回基隆。回基隆做什麼呢？剪頭髮。

他的髮型，幾十年來如一日，就是比平頭再長一點的短髮，他住臺北後，我曾經帶他去過一次百元理髮，但老先生有自己的堅持，就是想回基隆剪頭髮。

於是，隔天吃完早餐，我陪他走到巴士站搭車。倒是不擔心他會走丟，因爲他的皮夾裡有我的名片、自己寫的放大版小抄，上頭有家裡住址跟我的電話。就像以前還住在基隆時，雖然不會說中文，但給計程車司機看寫著「老大公廟」的紙條，也都能平安回到家。所以，只要路上小心不要跌倒、不要昏倒，基本上是安全的。

果然啊，我下班回家時，他已經剪了一頭趨近平頭的超短髮在房裡看電視，我跟他說：「強いね！（很厲害！）」他很得意地跟我比了個「YA」。我知道他可以的。

・・・

想起某一天，我們一起去小吃店吃午餐，我在點菜時，他請我多拿一張點菜單給他，原來他是看我在哪一個格子打勾畫線，記下相對應的中文字型跟餐點，回家用他會的漢字或日文謄一遍，下次他就可以自己去吃飯點餐。

這個方法，不斷在我們經常用餐的早餐店、飯麵館炮製，於是他現在會自己點滷肉飯、排骨酥湯、火腿蛋、冰咖啡……我才發現，原來他一直有在默默地學習，雖然來臺灣十多年依然不會說中文，但早已摸索出一套自己的生存之道。難怪以前母親會跟我說，他常自己搭客運去金山買花生，我當時超驚訝的！

我也忍不住苦笑，既然這麼認眞好學，當年搬來臺灣的時候，怎麼不好好學中文？現在大家不就輕鬆很多？但，千金就是難買早知道啊！

至於我的日文程度，很多朋友說：「應該突飛猛進吧！」答案是否定的。我確實在大學時期短暫修過日文，所以一些基本單字、片語還可以，但語言就是一種久不用，就會還回去的東西，因此我和歐吉桑的溝通方式，都是從我聽得懂的日文單字去猜他要表達的；而我要說的，就靠翻譯軟體講給他聽。

我也去買了日文課本，打算好好複習。

幾個月過去了，進度還是停留在第一課。

11 書房，化身爲我的小天地

買房子，從來不是件容易的事，尤其當你是一個人，沒有另一半一起努力。

我的母親，在日本打拚多年之後，在基隆買了一間二十出頭坪的房子，就在從小帶我長大的阿姨家樓上，彼此有個照應。我永遠記得，第一次踏進這個「家」的興奮感。由於母親長年住在日本，所以這個家，多數時間是我睡在主臥室，她從日本回臺灣休假期間，我就在書房打起地鋪，小小的空間裡，我被CD、書本包圍。

後來我自己也在臺北買了房，大小和基隆的家差不多，房價卻是二到三倍，那已經是我能負擔的極限。一個人住得很舒適，房間有很好的view，可以眺望遠方，晚上夜景挺美的，另一間小書房，就是我的工作間。

和歐吉桑住了一段時間，我觀察他的睡眠，發現他睡很多也很好睡，客廳、沙發、房間、床上他都能睡，正睡、側臥、蹺腳……各種姿勢都有，但我就不是了。

・・・

把他接到臺北來住，一開始抱持的想法是照顧他，直到左手消腫、傷口癒合、不怕碰水、可以自己洗澡煮飯，就打算讓他回基隆了，時間大不了一、兩個月，所以勉強睡一陣子沙發應該還好吧？除了沙發稍嫌短了些、我無法完全把腳伸直，但因爲我本來就習慣側睡，睡覺時，身體都縮成一隻蝦子，所以腳不能伸直這件事還可以忍受。

就這樣睡了大半個月。反正我從以前到現在，可能因爲睡姿，又或許是因爲床墊太軟，每天起床腰背痠痛已成常態，所以早上從沙發醒來後起身，就算不舒服也沒太放在心上，直到有天去健身房，教練從背後觀察我的身體，跟我說：「你的身體左右兩邊，高低落差很明顯，你沒發現嗎？」我才忽然一驚，因爲我自己眞的看不到，也沒感覺到。

教練跟我說不能再睡沙發了，但以工作間的大小來看，絕對放不下新的一張床，於是我嘗試了幾個方式：在地板上鋪瑜伽墊，做瑜伽、滾筒運動可以；若想睡覺，有鋪跟沒鋪一樣。

跟家人借了張薄墊，一面是涼蓆、一面像棉被的那種軟墊，還是太薄，睡了兩天，都因爲地板太硬，身體痛到醒來。

後來在朋友推薦下，我買了一張「眠豆皮」，是一張可以自由摺疊的單人床墊，晚上要睡覺時打開它，睡起來軟硬適中、非常舒服，白天起床摺起來，它就像一塊厚厚的豆皮，原有的空間讓我可以繼續在書桌前工作。

令我意外的是，睡了一個多月之後，我明顯地感受到一覺到天亮的機率變高了！過去因爲側睡，我會不斷翻身，一醒來就會想上廁所，自從有了「眠豆皮」之後，我半夜起床的頻率變低了，而且它附贈的床包非常親膚、觸感細緻，讓我寫著寫著，都覺得自己好像在寫業配文，但，眞的很好睡！

剛好生日前，有朋友送給我一盞融燭燈，每晚睡覺前，我會將它打開，小小的工作間就會飄出滿室香氛蠟燭的溫暖氣味，兩隻貓因爲進不了主臥室，晚上會自動跑來我的身邊陪睡。

我還記得，歐吉桑剛來的那段時間，每天我都會浮現「好想念我的床」的念頭；如今我有了新的床，雖然難免會感嘆，努力了大半輩子、有了自己的家之後，怎麼又有回到大學生在外租屋的局促空間，或是剛出社會時在基隆家裡打地鋪的錯覺，但同時又很喜歡書房成爲我專屬的小小天地，這樣也沒什麼不好。

12

身邊有個後盾，眞好

應該是自二〇二二年Covid–19確診後，最嚴重的一次生病了吧！發生在歐吉桑搬來臺北的一個多月後。

凌晨時分，肚子絞痛到醒來，連忙起身上廁所，來來回回跑了五趟，整個過程都像在洩洪般，拉到覺得腸胃裡都沒東西了，但肚子還是痛，忍不住在房裡哀號了起來。

吃了暮帝納斯、塗了百靈油在肚皮上，症狀才比較舒緩入睡。第二天是歐吉桑的運動日，早上他看我走進房間，跟我比了幾個手臂體操動作，意思在說：「今天要去運動嗎？」但我連陪他下樓的力氣都沒有，只好請他自己去早餐店，也告訴他如果想運動，還是可以去公園喔！想當然爾，他只去吃了早餐。

我痛苦地繼續躺回床上，接近中午才去看醫生。歐吉桑問我：「一起去嗎？」我內心在苦笑：「我自己走路快去快回，應該比帶著你快吧？」但他的心意，我懂的。

其實我每次感冒幾乎都是腸胃型，肚子悶痛、眼睛痠澀、流鼻水……就差不多知道中鏢了，但這回肚子的痛法太不一樣，還夾雜頭暈跟頭痛，無力感嚴重到生無可戀。

以爲這樣已經是最慘的了，三個月後，又經歷了一次的猝不及防。

・・・

那天是週五，原本跟教練約好了要上健身課，但起床後感到全身緊繃又僵硬，腦海裡閃過教練曾講過的一句話：「狀態不好寧可休息，也不要硬撐著訓練。」當機立斷決定取消課程，同時跟養身館預約推拿。

才預約完，肚子一陣絞痛，跑進廁所、褲子一脫，立刻轟炸馬桶。這突如其來的腹痛讓我有點傻眼，走出廁所時，肚子還是好痛，心想：我有時間去看診嗎？要改推拿時間嗎？不管了，還是先去診所再說。其實掛完號後，我的肚子已經痛到站不起來，進到診間，醫師看到我的模樣好像也有點慌，問診、打字速度都飛快，最後請護理師幫我打了兩劑止痛針，疼痛才瞬間緩解。

以前老人家都說生病去醫院打一針最快，但我已經好久沒有在看醫生時打針了。

止痛針有如仙丹，拿完藥我還趕去推拿，喬完身體後，下午又出門錄Podcast、晚上還去看朋友包場的電影，一切彷彿都很正常，該吃的藥我也乖乖地吃。

不料，睡到半夜，全身痠痛到受不了而醒來。之前有人說打Covid的疫苗或確診時會「全身痛到像被車子輾過」，當時我完全不能體會，但現在大概知道是什麼感覺了……心想：該不會又確診了吧？那跟我同住的歐吉桑該怎麼辦？

另一方面，我沒有任何口鼻症狀，反而好了一天的肚子，又開始不斷拉水、越來越嚴重。強烈的不適感，讓我在床上翻來覆去、不斷哀號，半夢半醒之間，我聽到Healthy的嘔吐聲，接著又聞到牠在門口拉屎的惡臭，但我完全沒力氣起身處理這些事。天亮了，我又聽到歐吉桑起床換衣服的聲音，我知道八點了，他要下樓吃早餐了，而我癱軟到像一團爛泥，完全無法起身。

一直撐到診所開門了，我又像個喪屍般走去掛號。護理師看到我時，一臉「你不是昨天才來過」的表情，而醫師聽到我「全身痛到像被車子輾過」的描述時，臉部一驚的反應沒來得及藏好，迅速幫我做了流感篩檢，回到家我又做Covid快篩，結果都是一條線。

那天下午，我就是在不斷地昏睡、起床拉稀、再睡、再拉的反反覆覆中度過，每次進廁所前，瞥見歐吉桑在房間安逸地看電視，忍不住暗自埋怨：難道你都沒發現我很不舒服嗎？爲什麼都沒有來關心一下？

每一次昏睡後醒來，頭都痛到眼睛睜不開，身體發熱到受不了而去拿體溫計量體溫，結果……三七．九，難怪我會頭昏、頭痛！最後忍不住打電話向住在附近的好友求救：「你可以來看我嗎？」果然沒多久，天使就帶著退燒藥、運動飲料、冰塊出現在我面前。

爲什麼不跟歐吉桑求救？我都這樣了，哪裡還有力氣拜託翻譯軟體啊！吃了藥、睡冰枕，第二天醒來時，燒退了，不適感少了許多。尤其看到歐吉桑煮了稀飯配罐頭魚肉給我，雖然簡單但還是有點感動。只是那只裝罐頭魚肉的碗，怎麼會是貓咪喝水的碗啦！哇咧～

家裡是有缺碗缺到我要跟貓搶碗嗎？

一個人生活慣了，讓我成了一個很會照顧自己，也習慣非到必要關頭，不會開口求助的人。

這兩次的生病，讓我覺得身邊有個後盾，真好。

Chapter2

我和我的日本爸爸

01 家事日常

好像是從買了床墊、把書房變成我的小天地之後，逐漸接受家裡多了一個人，不能再帶人回家約……會的事實。一起住，就會有很多有趣的日常發生，比方說睡覺。

之前我一直很擔心歐吉桑晚餐過後不進食，到第二天吃早餐之前會間隔太久、血糖太低又昏倒，如今，這個焦慮早已拋諸腦後，除了因爲他三餐定時，這位老先生晚上也未必不吃東西喔！我發現，也許是初來的陌生感和客氣隨著時間慢慢消失，他現在常在房間裡邊看電視，邊吃仙貝、米果，有時候還會趁我不在家時，自己去便利商店買冰棒、汽水。

你一定會在心裡想：怎麼給他喝汽水？他不是有糖尿病嗎？

對啊，他有糖尿病，但我沒有「給他喝汽水」，是他「自己去買汽水」，曾經我為此氣噗噗，後來想通了，畢竟他八十三歲了，想吃什麼就盡量讓他開心吧，我只要多觀察、留意，不要讓他過量就好。

至於睡覺，哇塞！他真的好會睡。可能老人都睡很多？他在客廳、房間看電視時，經常看著看著就睡著，不論是坐著或躺著，有時側臥有時蹺腳，還有睡在床上但兩條小腿垂在外面……好幾個睡姿都令我感到不可思議（有興趣的朋友可以去我的粉絲頁「帽筆生花」找圖片來看，我偷拍過很多他睡姿的照片）。

另一方面，在他的左手差不多康復、恢復到以前的狀態後，他也會開始幫我分攤一些家事，比方洗碗。一開始，我會客氣地跟他說：「放著放著，我來就好了。」但時間一久，我已經逐漸習慣不阻止他，或是硬要把工作攬過來自己完成，換個角度想，讓老人家動一動未必是壞事。而且，我真的不喜歡洗碗，尤其是當我發現第二天如果他比我早起，就會把前一晚我放在水槽裡的杯子、貓碗洗掉後，我就更容易「忘記」洗碗了，哈哈！這就是我「虐老」的日常。

有一天我心血來潮，在外面工作時，想到好久沒用家用攝影機看他在幹嘛了，結果發現他竟然在幫我掃地！也好啦，家裡一堆貓毛，還有貓抓板被抓下來的屑屑，既然生活在一起，維護環境整潔，人人（我和他）有責。

還有一天他在客廳看電視，我在書房裡看書，突然聽到窸窸窣窣的聲音，原來他正在摺塑膠袋，把摺成三角形的塑膠袋們收納在一起，其實這個做法確實讓塑膠袋比較整齊、好看也節省空間，但獨居時期的我，就是懶。

・・・

再來就是洗衣服了。其實我有教他如何使用洗衣機，但多數時候衣服還是我在洗。我總是三、五天洗一次衣服，而且白色衣物會跟其他顏色分開洗，所以我有自己的排程，近期歐吉桑不知爲何，也許是怕麻煩我，還是衣服不夠穿（？）也有可能是沒把握自行操作洗衣機，好幾次我回到家，看他都已經用手把自己的衣服洗好了。爲什麼我會知道他是手洗呢？因爲衣服都沒有脫水啊！

我還是秉持「讓他動動對他是好的」原則，不阻止他洗自己的衣服，但有時內心也會嘀咕：「你爲什麼不請我幫你洗呢？其實我今天晚上會洗衣服啊，你一次洗這麼多自己的衣服，我晚上就沒地方晾了！」不過，這眞的是很生活的日常，不再客氣、帶點情緒，表示我眞的把他當成我的家人了。

說到晾衣服，也是一件有趣的事。每次當我把脫完水的衣服從洗衣機裡拿出來、準備開始晾的時候，他就會同步幫我把衣服摺起來。

一開始，我眞的滿傻眼的，因爲晾衣服之前，應該先把衣服抖開，這樣晾乾了之後才不會皺皺的，不是嗎？但歐吉桑卻在我晾衣服的同時，幫我把濕的衣服對摺再對摺，然後我就得一件件打開再打開。

他絕對不可能是故意要跟我作對，我只能說，歐吉桑是一個很嚴謹、有自己一套生活方式，同時不喜歡麻煩別人的老人家。但「先摺再晾」的曬衣方式，原理究竟是什麼，有一天，我終於忍不住問他，我說：「臺灣人都先把濕的衣服抖一抖再晾，爲什麼你是摺起來啊？」

他拿了一件衣服示範，對摺之後，把皺皺的地方拍平。原來，目的是一樣的，只是方法不同，如此而已。

02 我的古著，他的新衣

自從我在「帽筆生花」粉專分享和歐吉桑的故事之後，收到很多讀者朋友的關心與建議，其中有一項是要我幫歐吉桑買運動鞋。因爲家附近的公園每週三都會有老人運動時間，歐吉桑會穿一雙厚底的拖鞋前去，但朋友們認爲他應該穿球鞋或跑鞋。

當然我知道這是好意，但我偷偷跟你們說啊，那堂運動課，他大概只去了三次吧！第一次不期而遇，第二次認眞回歸，中間穿插了下雨、偷懶、回診日、我有工作等各種原因，第三次再參加是心血來潮，然後，就沒有再去過了，所以，我買鞋的預算就省下來了。當時不急著馬上幫他買新鞋的原因，是那一小時的運動都是坐著，也就是說，有沒有穿運動鞋，其實沒差。

不過，我還是有認眞想過要幫他買鞋喔，而且在查他的鞋號時，有了意外的發現。那一晚的對話是這樣的：

我：「歐吉桑，你的腳好小！」

他：「so so so（日文：對對對）……」

接著他講了一大段我聽不懂的話，但我們還是靠著比手畫腳和翻譯軟體，來回「對話」了快五分鐘。這次對話雖然雞同鴨講，但雙方在彼此似懂非懂、半猜半明白的狀態下溝通，其實是滿有趣的一件事，原來我們的交談，可以是雙向、有來有往的，而不是每一回，我單向地用軟體翻譯完我講的話就走（因爲缺牙的老先生，說話比較含糊，翻譯軟體不見得聽得懂他在說什麼）。

那晚提到了母親。大概是說她的腳也很小、鞋子不好買之類的內容。我赫然想起：對啊，母親的腳超小的，以前跟她去逛街，女鞋的最小號對她來說還是太大，所以她常在童鞋區買鞋。當然，高跟鞋就不能在童鞋區找了，但我留意到她因爲工作長期穿有跟的鞋子，兩隻腳都有嚴重的拇趾外翻。

我的個子不高，一七〇上下，球鞋尺寸是二六．五公分，而歐吉桑的腳竟然比我還小，只有二四．五公分。怎麼都沒想到，「小腳」竟然是他和母親之間另一個巧妙的連結。

・・・

確定歐吉桑成爲我的新「室友」後，首當其衝的問題之一，就是原本我獨居、住得很舒適的空間，開始變得不夠大。我也想過把現在的房子租出去、貼點錢再租間大一點的房子……但臺北房價（租金）眞的好貴喔！租屋網上，在預算內的房子沒有幾間；看上眼的，遠遠超出預算。

所以短時間內能做的，就是先騰出家裡其他可用的空間：整理衣櫃、抽屜讓歐吉桑的衣物有地方能放。其實他的衣服不多，日常用品也很簡單，只要我認眞地斷捨離，釋出的空間絕對是夠用的。

只是，對喜新「念」舊的巨蟹座來說，斷捨離哪有這麼容易？打開衣櫃，這一件毛衣，下個冬天應該穿得到吧？領口開始出現荷葉邊的背心、顏色逐漸泛黃的白T……應該還可以當內衣穿吧？

對穿衣服還是有一定講究的我，很清楚自己不太會穿活動送的T恤，或是明星出的周邊商品，於是有幾件當時做活動時，主辦方發放的，只要夠寬大、不會卡住他大大的肚子的衣服，我在清理衣櫃時，就會疊在一邊問歐吉桑要不要穿穿看，穿得下就拿去穿，他竟然很開心地跟我說謝謝。

原來，我的古著可以成爲他的新衣；有些你不在意的事，在別人眼中反而珍貴且珍惜。

其中有一件黑T，是梁靜茹「當我們談論愛情」巡演時，主辦單位發給工作人員的制服，當時臺北、高雄場唱完，中國大陸演唱會還沒解封，我心想應該是穿不到了吧，就一起送給歐吉桑。

那天出門吃早餐，我走在他的身後，看著他的背影笑了出來，原來穿著黑T的日本爸爸，也成了「Team Fish」的一員。

03 互相說謝謝的幸福

去大醫院看診是件很花時間的事，歐吉桑的糖尿病只要三個月回診一次，但每一次眞的都讓我精疲力盡。

黃醫師是一位看診非常仔細、非常關心病人的好醫生，也就是說，每一個進到她診間的病人，都會花比別人更久的時間才出來。那天回診，我們的號碼是三十三號，如果以其他醫師的速度，可能十點多就看完了，但我們的回診單上，寫的預估時間是十一點十五分。

依前幾次的經驗，這個預估時間眞的是保守了，記得我第一次陪歐吉桑去看診，當天掛的是下午診四號，我們下午兩點左右抵達，上午診還沒看完。

所以掛三十三號這天，我非常自以為聰明地決定先進行其他行程：回到基隆之後，讓歐吉桑去剪頭髮，剪完頭髮回家休息片刻，看有什麼東西要帶來臺北，接著回醫院測飯後（早餐）血糖，然後再悠閒地去吃午飯，過程中我同時緊盯醫院的APP看診間進度。

這一切看起來都十分完美，沒想到當我們回到診間，竟然還要等六個號碼，而以黃醫師的細心問診，我們也差不多還要再等一小時！果然看完診、領完藥，已經下午三點，歐吉桑說：「搭計程車回臺北吧。」我知道他是怕耽誤我的工作行程，於是告訴他：「我今天不趕時間，而且客運站就在對面，我們就過馬路等車吧，不要浪費錢。」

其實，我下午四點有一場電話會議，但我想拚一下，應該能趕得上。

總之，那天我們早上七點多起床、回基隆看診，結束一切、回到臺北已經近下午四點，大半天就這樣沒了。所以後來我幾乎不敢在他需要回診的這一天排任何行程，反而是把電腦帶在身邊，可以邊等候邊工作，這樣就不會覺得時間虛耗。

• • •

後來，黃醫師結束在基隆的看診服務，剛好歐吉桑也搬到臺北來了，所以我們就順勢跟著醫師轉到臺北來。記得第一次網路掛號時，掛號名額已滿，所以我就照著醫生的叮嚀，在回診當天帶著歐吉桑去現場要求加號，當時我還抱著僥倖的心態：第一次來，加號應該會安插在比較前面吧？所以我們兩個早早抵達醫院，當時都還沒開診呢！

櫃檯小姐說：「要等醫生來才知道能不能加哦！」我心想：明明醫生就跟我們說了來現場加掛……好囉，等到醫生來，確認當天可以加號看診了，結果號碼是：三十六號！

我望著那張號碼牌，苦笑。同時也慶幸自己「未雨綢繆」，把電腦、手機行動電源都帶上了，這個早上，就把候診區當成行動辦公室吧！

我記得那天從診間出來，歐吉桑又去照X光，然後領藥、回家……說眞的，一整天下來也沒幹嘛，但踏進家門、躺進沙發的那一刻，就是有種全身虛脫的疲累感，於是那天晚餐我只願意走到樓下的小吃店，點了一桌吃很飽、看起來很豐盛的滷肉飯、排骨酥湯和炒菜，以及他每天心心念念的蛤仔湯。

在等餐點上桌的空檔，他突然叫我的名字，說：「謝謝捏。」大意是說每次去醫院都是一整天，陪他看診、做檢查、翻譯給他聽……謝謝我的辛苦。雖然我們之間的溝通，很多時候還是鴨子聽雷，但經過這段時間，這個「雷」應該有稍微縮小吧？

我們就這樣吃著各自的飯，也不知哪來的靈感，我留意到一件事：每次我們一起share食物（不是一人一份的便當），他總是會很客氣地比我早放下筷子。他也很愛跟我搶著付錢，多數時候我會不理他，逕自走到櫃檯結帳，但這天被他逮到機會，趁著工作人員經過他身旁時，迅速塞了張千元鈔給對方，快得我措手不及。

五百元有找的雙人晚餐，吃在嘴裡是美味，收進心裡是幸福。我放下筷子時，也跟他說了一聲「謝謝」：

謝謝你請我吃飯，謝謝你陪我吃飯，謝謝你讓總是一個人吃飯的我比較不寂寞。

04 一起期待遠方的風景

和前男友吃飯，互相報告一下彼此的近況。沒錯，可能因爲我比較念舊、重感情吧，我和每一位前任都還是能維持朋友關係，我始終覺得，每一段關係在愛情消失了之後，感情還是在吧？曾經那麼靠近的兩個人，如果分手之後就變成陌生人，光想就覺得恐怖又難受，比分手來得更遺憾。

扯遠了。我跟他說，我考慮把現在的房子租出去，收租金、再貼一點錢，換一間比較大、和歐吉桑兩個人住起來比較舒適的房子。畢竟，我的東西似乎眞的有點多；畢竟，「小天地」固然溫暖又有安全感，我還是不想未來五年、十年……甚至更久，都窩在這個小空間裡面，我還是想睡在可以任意翻滾的雙人床。

他聽完，問我：「這表示你要長照到……他的最後？」

我想是吧！我告訴自己，這是母親留給我、要我必須承擔的責任與面對的課題；母親走後，我還是得再經歷一次親人的生離死別。歐吉桑的送行者，若不是我，又該是誰呢？

・・・

我知道家裡有些長輩是心疼我的，在他們眼中，我從小歷經父母離異、多數時間母親也不在身邊，求學、就業也都算自立自強，不太需要人擔心；出社會後有了經濟能力可以照顧母親，她卻開始生病、抗癌，一路走來，也不能完全說不辛苦。所以長輩認爲，母親不在世後，我應該就解脫了，不用再去負擔其他人的生活。

可能歐吉桑之前曾透露過自己明年想回日本住一陣子，時間會比過去長一點，也許一、兩個月，但話傳著傳著就變成「他明年要搬回日本了」。有一天，長輩打電話問我，向我打聽他明年「要搬回日本住」一事是眞的嗎？我說：「他明年要回日本一段時間沒錯，但沒有要『搬回去』。」

我很堅定地說：「大家不用再胡思亂想、任意揣測跟八卦了，我，就是會負責他到結束。」

我會如此確定，是因爲過去住在同一屋簷下的這幾個月、朝夕相處的日子，讓我深刻感受到他眞的老了——他不再是六、七年前或更早以前，母親還在跟病魔搏鬥時，可以陪著她搭車到臺北回診，再牽手一起回基隆的那個肩膀。他的精神沒有以前好，電視看到一半常打瞌睡；他的手、腳長年貼著痠痛貼布，可能因爲骨質疏鬆造成四肢不舒服，但年紀越大，動手術風險越高，所以暫時先這樣吧。

⋯

八十三歲的他，需要有人讓他依靠，已經無法走太遠的路，兩個公車站牌的距離，要停下來好幾次，所以他無法像我一樣健步走去捷運站，所以他走路時，需要一根輔助的拐杖。

時間像河流，從來不等人。我的記憶一直停留在早期那個勇健的他，那時他可以獨自搭機來去日本、可以自己搬行李，我一直以爲他好好的。

現在他已經會自己搭車回基隆、不會迷路，但是他隨身的拐杖卻迷路了，某天我工作回到家，他跟我說拐杖不見了。好朋友知道後，立刻將她車禍時，別人送給她、但沒在用的拐杖轉送給我，外型非常花俏，朋友還擔心問我：「日本爸爸能接受嗎？」

殊不知老人家拿到新拐杖時，就像哈利波特有了自己的魔杖一樣開心，在床上把玩了起來，調整伸縮到適合他的長度。

偶爾吃完早餐，我會帶他到家樓下的巷子走一走、散散步；那一天，我陪他走到馬路口，指著對面的河堤跟他說：「上了那座橋，可以看到很漂亮的風景，就是你從我房間窗戶看出去的那裡，有河、有草地，還有很多在跑步、騎車的人，所以你要常常練習走路，希望有一天我們可以一起走到那裡看風景。」

然後，大口呼吸清新的空氣。

05 幫我照顧貓，也幫我照顧好自己

在我整理完一批二手衣給歐吉桑，其中一件工作服讓他成爲「Team Fish」之後沒多久，我接到演唱會主辦單位的通知，中國大陸巡演終於要開始了，我需要到上海出差五天，於是我去他的抽屜把T恤翻出來，跟他說：「不好意思，這件借我穿一下，我下個禮拜還你。」

這是我自二〇二〇年夏天結束在北京的工作搬回臺灣後，即將第一次重返中國大陸，心裡是期待的：可以見到三年沒有見到的朋友，可以吃到懷念的水煮魚、串串、小楊生煎包，可以站在酒店房間的落地窗前，俯瞰近在眼前的黃浦江。縱使那段北漂的日子有太多的辛苦，時間經過之後，留在腦海中的回憶，都是美好的。

但除了久別重逢的興奮感之外，這也是歐吉桑搬來臺北之後，我的第一次離家遠行，所以多了掛念。以往的海外出差，都是請住附近的朋友，每天來家裡幫我餵貓、清貓砂，我就可以瀟灑地來去，而現在家裡多了一個老人，陪伴兩隻貓。

這趟出差發生在歐吉桑來到臺北的兩個月後，以他當時的健康狀況，基本上我不太擔心，我會在家裡多準備一些食物和營養品，下樓就有小吃店可以吃飯，他也會自己過馬路去便利商店買東西了……我相信他是可以照顧好自己的，只希望不要有任何的「萬一」。

・・・

不過，除了照顧自己，他還有一個超級任務：幫我照顧貓。

從出發前幾天開始，我就教他每天該如何放飼料：白天、晚上各一次，晚上那次最好是睡前，這樣做，運氣好的話，Healthy天亮就不會該該叫。

教他如何換水：每天早上要換乾淨的水，特別是Healthy早上（不是清晨）叫了，就是討水喝，換好水後噴兩滴木天蓼，牠們都很喜歡，會喝得更起勁。喝水，對貓咪來說好重要啊！

教他挖貓砂：貓砂盆如果太臭，傲嬌貓就會開始在門口尿尿。我示範完之後還請歐吉桑做一次給我看，主要是確認他的蹲下、起身是OK的。

接著說明Healthy晚上的叫聲，是牠想吃罐頭，所以我還要教歐吉桑如何餵牠們吃罐罐。

那兩天早上起床，看到歐吉桑捧著兩隻貓的水碗在廚房裡忙著，睡前又看到他在乾糧碗裡放飼料，不曉得爲什麼都會忍不住笑出來。

阿公跟Happy相處沒什麼問題，因爲Happy本身就是隻親人的爭寵貓，至於孤僻的Healthy，就繼續走牠的難搞路線——依然每兩天在大門口玄關拉屎，早上要進房間、阿公不幫牠開門，就在房門口或大門口尿一泡。我是已經認命了，但阿公可能還不習慣，每天就聽他在罵貓孫兒。

跳脫主人的身分，用第三者視角來看這一切，其實還挺有趣的，未來五天，就麻煩你們好好相處吧！

出發那天是中午的班機，我陪歐吉桑吃完早餐、一起上樓後再次確認行李、護照都帶齊了，叫車準備出門，APP顯示司機將於一分鐘後抵達。

我跟他說：「車子來了，我要下去了。」

他說：「等我一下，我也一起下樓。」

想說這時間買午餐也太早了，我問他：「你是要去哪裡？」

他說：「就去樓下。」

電梯下到一樓的時候，車子還沒來，他坐在大廳的沙發上等候，於是我知道，他只是要下來送我。

看我把行李跟自己塞進車裡，揮揮手跟我說再見：「注意安全喔！」
他，只是要下來送我。

06 智慧型手機與Line

疫情之後，歐吉桑第一次回日本，他已經兩年沒回去了。最大的不便，是登機跟落地都要塡一大堆健康申報、掃 QR CODE，但他沒有手機，更別說上網。出發前，姪女提供了一支自己沒在用的手機，但是歐吉桑沒有 sim 卡，要先幫他辦個手機門號嗎？我開始思忖著。

還是買出國上網卡吧！畢竟有了臺灣門號，去到日本變成「漫遊」更不划算，而且他需要的是上網。但是，既然要買網卡，爲什麼不等回到日本再買易付卡更划算？因爲他得等到入境、有便利商店或通訊行才能買卡，那入境時就要掃的碼該怎麼辦？

「機場有Wi-Fi啊！」姪女和我就這樣推敲了好一段時間，結論是「讓他帶著空機去日本買卡」。後來他跟我談起這件事時，有點苦笑地說：「手機沒有卡怎麼用？」反正他也去一趟日本又回來了，人沒搞丟就好。

・・・

所以，一起住在臺北之後，我認真思考要不要幫他辦一個手機門號，這樣他自己外出就不怕不見，還可以使用相機功能拍食物，點餐的時候秀給店員看，如此一來，就可以成為他專屬的圖片菜單，不用再辛苦地背中文字和日文的對照了。

我還可以幫他申請一個Line帳號，這樣他就可以跟在日本的妹妹傳訊息、打電話，還有一點也很重要：可以讓他體會智慧型手機的新鮮感，我相信，對他來說，學習一項新事物會是很開心的事情。

在通訊行上班的朋友建議我，歐吉桑在家時間多，可以使用 Wi-Fi 上網，選最低費率就好，他也要我別急著買手機，可以先拿舊手機讓老人家試用看看，等他熟悉了智慧型手機的操作方式，再幫他換支好一點的手機也不遲。於是我翻出以前的 iPhone 6S（有多久遠！）要幫他申請 e-mail、Apple ID……天啊，這些我們習以爲常好多年的瑣事，全部要重新再走一遍，其實並不容易（在辦門號之前，哪會想到他連 e-mail 都沒有）。

好喔，那我就逐項慢慢來。

・・・

眞的是創建他的 Apple ID 時，才意識到他沒有 e-mail。幫他辦 e-mail 的過程很有趣，竟然還有「親子帳號」之類的服務！我當然是選這個啊，人家是父母監看小孩，我是來幫老小孩。

下一步來到iTunes store，第一件要做的事就是幫他下載Line，這是我認爲對他最重要的功能。結果，我獲得「此ID尚未使用過iTunes store」，所以又要經過登入、驗證……一堆過程。完成後終於可以開始下載Line了。

按下購買（免費下載）之後可好了，手機裡的Line版本太舊、需要更新，但是系統顯示iOS要15以上的版本才能更新，而這支6S的iOS還停留在12（汗）。以上，都是在通訊行發生的，原本以爲可以速辦速決，辦到店員最後也一籌莫展，我只好尷尬地說：「沒關係，我回家再研究，眞的沒辦法，我就買一支新的。」

因爲有人提醒我，舊手機還是可以用，但不能更新到最新的iOS版本，不然很容易會當掉，或是記憶體空間被占滿。3C白癡如我，只能回到家後跟我的3C小天使好友求助，他要我看一下這支手機可以更新到哪個版本，還帶著我一個個步驟操作，發現它竟然可以更新iOS到15.7.6！

更新軟體需要時間，沒關係，我就邊唱著〈冷井情深〉：「再長的時間我可以等，再久的寒冷我可以忍……」邊等待，最後，隔天我一覺醒來，歐吉桑在臺灣終於有一支iPhone跟專屬於他的門號了！火速幫他把Line更新完畢，之後他隨時可以跟在日本的妹妹傳訊息、打電話，也可以用Line的中日翻譯和我溝通了。

在家設定手機、下載APP眞的很花時間，過程中他很好奇，一直要來書房看我操作，卻一直被我趕出去（我的OS是：你先不要煩！等我弄好再教你！）回想起來，他應該眞的很期待吧？

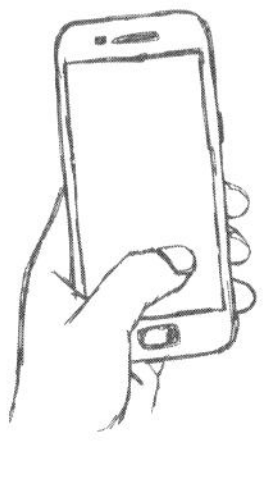

07 於是，我有了個日本爸爸

很多男人是到中年之後、有了小孩才開始學著當爸爸；而我人生的下半場，則是開始學著適應生活中多了「爸爸」這個角色。

我對親生父親的感情說不上恨或討厭，比較多的反而是陌生和無感。對我而言，這段關係是需要和解的，只是我還沒有準備好，因為不想逼自己背著道德期望，讓自己覺得「應該」要和解，所以我靜待水到渠成的一天。

在我小時候的記憶裡，父親不常在家，但是我知道他在外面有很多不同的「阿姨」。我永遠記得母親告訴我要和父親離婚的時候，她來徵詢我的意見，我二話不說就回答「好」。我對父親的印象，很多來自童年的相本，長大後回去看那些照片：在萬里海灘、在兒童樂園、在大同水上樂園……才想起原來我有去過那些地方；從照片中才得知：喔～原來我爸也在。

那些曾讓我母親以淚洗面的阿姨，我記得的只有一個，後來阿姨跟我爸生了個同父異母的弟弟，從母姓。阿姨沒有對我不好，不過若要叫「媽」，我也叫不出口就是了。

・・・

我記得在父母離婚前，父親帶我去過一間位於現在的市民大道、微風廣場對面的小套房，也就是很有名的「林青穀」診所樓上，當年還沒有市民大道，從基隆經臺北南下的火車，鐵道還會經過那間小套房所在的華廈，去了才知道，那是父親和阿姨一起住的地方。

中學後，父母已經離婚，他和阿姨順理成章地有了另外的家，母親對我去見父親一事，態度一向都很大方，還會三不五時催我：「去跟他拿零用錢啊。」所以學生時代後期，我反轉了童年貧窮的命運，因爲幸運的話，有些月分我可以獲得兩份零用錢。

出社會工作之後，很怕接到父親的電話，因爲通常是來跟我要錢的。這通電話會有一道公式：先問候我近況如何、身體好不好，要我好好照顧自己……然後就準備進入重點。早期薪水較少、每個月收入和支出幾乎打平的時候，他開口要個三、五千元對我來說其實是種負擔；薪水好一點的時候，變成給得起、但內心有些不甘：母親從小養我到大，沒開口跟我要過一分錢，而你……怎麼可以？

還有一種難過是，每一次打電話的目的都是爲了錢。因爲有目的性，所以目的說出口前的對話都是鋪陳、都是暖身、都讓我覺得假裝。所以有好長一段時間，我好怕看到來電者是「爸」的顯示。

「父親」這個詞，在我的人生裡就是一個血緣所衍生的稱謂。就算是歐吉桑，我也從來不覺得因爲母親再婚嫁給他，他就塡補了「父親」這個空洞，過去二、三十年，他在我眼中就是我母親的伴侶、一個我稱爲「歐吉桑」的叔叔。

• • •

這段時間，即便將他從病懨懨照顧到身體康復，卻發現過去我經常自己去買便當的餐廳，步行距離對我來說輕而易舉，但歐吉桑從家裡到目的地的過程要停下來休息很多次。

有一次，我們去一間牛排館，搭公車只有一站的距離，但他途中停下來四次，若坐公車，牛排館在對面，又剛好在兩個紅綠燈路口的中間，所以我們必須走一個「ㄇ」字型到對面，眞的是讓我進退兩難。

有個週末傍晚，我福至心靈拿起翻譯軟體問他：「我騎車載你去附近吃鐵板燒如何？」他說「好」。於是我們就一起騎著車，他從後方抱著我，我邊騎、一路上邊跟他介紹：這間是涮涮鍋、這間「客美多」咖啡，日本也有、這間是賣日式漢堡排……想帶著母親到處走、到處玩、到處吃的心願，如今移植到歐吉桑身上來了。不敢相信！日本爸爸就這樣眞的闖進了我的生活。

前篇提到幫他辦手機門號，其實也是希望他可以，也應該更接近我們的生活方式，不要再因爲語言隔閡，過得像個旅客，希望他有落地生根的感受。

於是，我有了個日本爸爸。

08 蜜月期結束了

當初接歐吉桑來臺北一起住，是憑著一股「我不信我做不到」的賭氣與衝動，在此之前，我們沒有眞的單獨共處過，所以初來乍到時，他總是客氣與小心翼翼。但忽然有一天，我跟朋友說：「我跟歐吉桑的蜜月期好像結束了。」

我記得，以前他住基隆的時候很會做菜，他的廚藝甚至比母親好，怎麼搬來臺北後，吃飯時間一到，都是我在張羅？明明左手的傷都好了，身體也越來越健朗，怎麼有時候連冰箱裡的小七便當，也是我去微波？吃完飯，看到他要起身拿餐具去洗，我會說：「你放著，我等一下一起洗就好了。」然後他就……就眞的放下，進房間看電視了。

・・・

日常生活裡總是不乏這一類抱怨、不甘心的念頭，例如他上完廁所不關燈的壞習慣，講了一百次也改不掉；有一次他自己出門吃早餐，回家時拎了一袋便利商店買的食品，裡頭有冰塊、冰棒，所以一進門，沒換鞋就踩著室外拖鞋直奔廚房，引得我大叫：「歐吉桑，スリッパ（拖鞋），Change！」

有時候，我會故意大聲地「啪！」關燈給他聽，他就會露出羞赧又有罪惡感的表情，看得我反而有點歉疚；拖鞋倒是講過一次之後，他就知道室外拖不能踩進來，有時我回家甚至會看到他把鞋子整齊排好。

每天早上，他會比我早起，刷牙洗臉完回房間，看看電視又睡著，再等我起床帶他去吃早餐。他擔心電視聲音吵到我，或是窗外的陽光照射進來會影響我睡眠，因此每回盥洗完畢回房間後，會習慣性地把門帶上，這是他的貼心。但是……他沒意識到洗臉時，若不關上浴室的門，水龍頭「嘩啦嘩啦」的出水聲，我完全聽得到。

還有，他習慣喝冰水，從飲水機倒了常溫水後再去冰箱挖冰塊，當下那「喀拉喀拉」的冰塊聲，很容易讓我秒怒……這一切，該怎麼辦？

・・・

有一陣子，把我逼到最極限的就是興高采烈地幫他辦完門號後，要教他怎麼使用 iPhone 這件事。

我教他用語音輸入法，先按左下角的麥克風鍵，教過很多次了，就是學不會？

「麥克風跑出來了，你要講話啊！一直看著不講話是要幹嘛？」

「上面的麥克風圖示是錄語音的，語音輸入法的在左下方。」

「還有，左上角是回到上一層。」但是，我該怎麼告訴他什麼是「回到上一層」？有人說，Line有中日翻譯啊！的確是，所以我和歐吉桑有一個加入中日翻譯的三人群組，軟體把我的中文翻成日文給他看，沒有什麼問題；但常常他講的話，透過翻譯軟體翻成中文，我看了就是覺得：這軟體在翻三小？可能因爲歐吉桑講話「黏黏」的，斷句又很奇特，有時候連ＡＩ都聽不懂吧？

這些事總是讓急性子的我口氣越來越不耐，直到有一次，看到他透過中日翻譯傳來的文字：「叔叔八十幾歲了，學不會，對不起啊！」我心頭就軟了。

其實想一想，有些人工作忙了一天，回到家跟爸媽說話都會懶得有表情；每次才剛要出門，就被問什麼時候回家，感覺眞的很煩；還有些時候，就是只想自己獨處靜一靜、不想跟全世界講話，所以在家會一副死樣子……

但這一切的一切，不就是因爲關係叫做「家人」嗎？我並非鼓勵大家對家人沒有禮貌，而是當你們是眞正的家人後，進退之間特別有禮的蜜月感，會自然而然消失。

不過，後來我找到方法，也感謝朋友們不時提醒我「不用把責任都攬在身上，有時候讓他自己來、讓他動一動，對老人家反而是好的」。於是，用餐完畢，我不再急著去廚房洗碗，歐吉桑先起身，我就要賴在沙發上當馬鈴薯，偶爾也可以享受一下由他服務的幸福。

09 轉角遇到愛，家裡也有愛

自從我把和歐吉桑生活的點滴分享在我的「帽筆生花」粉專後，獲得了很多出乎意料的迴響，非常感謝大家對我們的關心，同時也見證他從出院時的虛弱，到現在越來越好，也越來越適應臺北生活的過程。

也因此，我更放心出門上班、和朋友聚會。某個週末中午我去健身房運動，他自己到附近小吃店覓食，吃完飯後在便利商店遇到一位住在附近的好友，也就是我生病很嚴重到發燒那次、接到我的求救電話送藥給我的好鄰居。

這一次的巧遇發生在我生病前，所以當時歐吉桑還沒見過我這位朋友，她是位很熱情的媽媽，一看到歐吉桑、那位每天出現在FB上的老先生，自己也顧不得不太會講日文，就上前和他打招呼了。據說她先跟歐吉桑比手畫腳了一番，他還是不明所以，最後朋友拿出手機、打開臉書，他才知道她是我朋友。

回家後我跟他解釋：自從他來臺北之後，我就把我們生活的部分片段放在「internet（網路）」上，接著我打開「帽筆生花」，告訴他：「我就是像寫日記一樣，只是放在這裡，還有照片，所以現在有很多你不認識的人會看到我們一起去吃早餐、散步、運動……他們都很喜歡你，也很關心你。」

他聽完，開心地點頭、笑開嘴來，我也得意地繼續往下滑……然後……就看到之前偷拍他「三點不露」的更衣照，看到他的肚子彈出來的時候，我的臉一陣熱……這下他應該發現我常常偷拍他了，但我選擇裝死，維持一臉沒事的模樣，火速把頁面往下滑。

・・・

大家似乎對於我有這樣一個「日本爸爸」很感興趣，不僅在網路上，在眞實生活裡，我感受到很多熱情與善意，例如有家麵店的老闆娘，臉一向很臭，自從我和日本爸爸光顧幾次後，她的態度突然變友善了，有次路過還主動問我：「今天想炒什麼？」嚇了我一大跳，內心ＯＳ：見鬼了嗎？

另外，我們家對面的早餐店，包括老闆娘在內的四位小夥伴更是熱情，每次看到我們去吃早餐，都會精神抖擻地大喊：「おはよう（早安）！」就連樓下的滷肉飯店的小老闆以前看到我都會問：「帥哥，今天要吃什麼？」後來我和歐吉桑去吃飯、和他聊天時，無意間得知我的年紀之後，小老闆這才知道我跟他不算同輩，再也不叫我帥哥了，而是用略帶尊敬的語氣問我：「哥哥，今天要吃什麼？」

我從一開始的戰戰兢兢，到後來越來越能「放牛吃草」，有時候我想睡晚一點，就會讓他自己去吃早餐，有那幾位可愛的店員們，我很放心。

某次我起床的時候，他已經去早餐店了。看了一下時間，心想他應該差不多快吃完回來了，想說碰碰運氣，用官方Line跟店家下單，備註「日本爸爸還在的話，請他幫我外帶回來」。結果訂單一送出，他就進門了，於是我含著電動牙刷的嘴巴忍不住大笑，拿起手機跟他解釋我笑出來的原因。

接著他就發出日本人很常出現的吃驚語氣跟表情：「ㄏㄟˊ～」然後blah blah blah 說了一堆，接著轉身要去幫我拿早餐。於是我們在大門口演了快一分鐘的十八相送推拖拉：「我去就好！」「大丈夫！」「點完餐也要十五分鐘才能拿！」「大丈夫！」……

好啦，既然你那麼「大丈夫」，就麻煩你再去一下好了，剛好平常也很少走路，就當運動吧！

於是，從浴室出來後，我就獲得一份用手機下單、要去外帶，但有日本爸爸幫我取回親送的早餐。

我想說的是，和歐吉桑一起生活之後，轉角、轉身、家裡都經常能感受到愛的善意，謝謝你們。

10 媽，我們上週刊了！

除了走在路上被鄰居認出來，令我更意外的是，竟然有媒體要來訪問我。第一個來邀訪的媒體是馬來西亞的網媒《TI訪問》，接著是臺灣的《鏡週刊》。

《鏡週刊》的訪問，帶給我的後座力很強，這不是我第一次被訪問，卻是第一次面對面、那麼深入地以受訪者的身分，和人聊起我的家庭背景和成長故事。

約訪的記者告訴我，文章會以我爲第一人稱的自述方式呈現，字數約一千字。一千字，對寫文章的我而言，是非常輕鬆的篇幅，那天早上我們約在我家附近的咖啡廳，我邊吃早餐邊受訪，以為很輕鬆，所以我穿得很居家、踩著夾腳拖鞋就出門了。

當記者、訪問者二十多年，我可以很輕易地判斷來訪者會不會問問題。很明顯的，這天來訪的記者做了很多功課，她是「我的日本爸爸」讀者，做足功課、有備而來，我打開心門竭誠以待，訪問進行沒多久，我就察覺她要的一千字，不是為了交差了事，雖然主題是「日本爸爸」，但她把我的母親、我的人生幾乎問了一遍，最後才濃縮成她認為最重要、最好看的一千字。

那個早上，從母親養育我的艱苦、生病治療那幾年的辛苦，到最後臨別時的痛苦，我又經歷了一次。我沒有預料到會被問到哭，還讓記者跟著我一起哭，隔壁桌的客人應該覺得我們很荒謬：這兩個人看起來也不像情侶分手，怎麼一大早哭得一把鼻涕一把眼淚？而原本我預先設定一小時就能結束的輕鬆訪談，當天聊了兩小時，離去時，記者還跟我約過幾天要拍照，有需要的話還會進行補訪。

補訪?!我的人生都聊完了耶！

・・・

拍照的地點設定在我們經常去的早餐店，以及歐吉桑會去做運動的公園，想呈現的是我們生活的日常。其實這些對我而言都不難，但我沒想到，歐吉桑對於拍攝毫不怯場，不論是看著鏡頭的擺拍，或是要呈現比較自然的互動，他都輕鬆上手。最重要的是，我感受到過程中他是開心的，似乎挺享受這個早晨。

那天拍了不少照片，後來早餐店老闆還把報導貼在牆壁上，老實說，每天早上去吃早餐看到自己都很不好意思，但非常感謝週刊爲我們留下一個美好的記錄。

訪問出刊後，記者寄了兩本雜誌給我。從我打開外包裝袋的那一刻，他就一臉興奮，還跟我要了一本。當他打開雜誌，看到我們的合照大大地占了整整一頁的版面，瞬間用日本人吃到美食的那種誇張語氣：「ㄏㄟ～すごいね！（好厲害啊！）」接著就把那本「屬於他」的雜誌帶回房間仔細品嘗。（啊，是看得懂膩？）

雖然我不害怕鏡頭，但看到自己的照片出現在週刊上整整一頁，第一反應還是非常害羞，畢竟平常都是坐在鍵盤前面打字的，有一天竟然成爲刊物裡的人，而且故事的主角，沒有涉及任何工作角色，沒有提到娛樂採訪經驗，我，就是做爲一個兒子的我。

後來記者跟我說，這篇文章在社群上的流量破萬，幾天後我去看，竟然破五萬，整個吃驚又榮幸。

・・・

我想起歐吉桑來臺北的前兩週，有天我用手機捕捉到一個畫面，是他坐在床邊，看著窗外的景色，雖然只看到他的背影，卻能感受到他是放鬆的、安心的，剎那間覺得，照顧歐吉桑不僅是母親遺留給我的功課，同時，他也在幫母親感受她生前沒感受到的，和孩子住在一起的那分親暱與幸福。

望著窗外的藍天，我也想問母親：「媽，我目前做的一切還可以嗎？你可曾料到，過去我沒有和你們住在一起，現在卻照顧歐吉桑照顧出一朵花？」

還有，媽，我們上週刊了！

11 關於他和同性戀變成家人的那件事

如果你問我，歐吉桑和我一起生活後，帶給我最大的不方便是什麼？毫無疑問，我會說：「從此就不能帶喜歡的人回家約……會吧！」大人的約會，你懂的。

二〇二三年初，電影《關於我和鬼變成家人的那件事》創下三．六億票房佳績，片中許光漢飾演的鋼鐵直男警察，因爲和「毛毛」林柏宏冥婚成爲家人，對於同志間的感情，從討厭、恐懼，到理解、接納。其實我很好奇，和我住在同個屋簷下一段時間了，歐吉桑有沒有我覺得和其他男生有什麼不一樣？在他的認知世界裡，有沒有接觸過「同性戀」？也許他聽過

「homosexual」一詞，但生活裡應該沒有遇過這樣的人吧？

・・・

我認眞回想父母離婚前，我和母親還住在最早的舊家時，樓上有一位阿姨生了兩個小孩，後來她離婚了，再後來就聽說她也去了東京當我母親的同事，某一年就聽聞她跟一個女人在一起，當時店裡還有另外一個阿姨，也是跟女性交往。不曉得是不是在工作時看多了男人的嘴臉，最後她們都選擇和女生相伴，只有我媽，堅持守住當她的「鋼鐵直女」。

那兩位阿姨和各自的女朋友都交往過一段不算短的時間，所以我想歐吉桑或多或少還是看過「同性戀」吧……只是，是女同志。

我出社會之後，也許因爲行業的關係，娛樂圈太多同志了，所以從來沒有出櫃與否的問題；至於家人，也沒刻意隱瞞，比較像是心照不宣，大家避而不談。當然，隨著年紀增長、越來越能照顧自己時，就更不害怕對家人坦承性向。

以前不敢明說，多半是因爲經濟還不能完全自主，怕因爲性向問題被趕出家門，可是當自己越來越茁壯，更會想要用最眞實的樣貌，去面對最親近的家人。我的遺憾之一，是母親在世的時候，我沒能在這部分徹底地對她打開心防，也許當年她的靠近是想關心而不是責備，而我卻因爲預設的恐懼而築起一道牆，將她隔絕。

・・・

不過，其實我有自己偷渡戀情的方式。和W交往時，我們一起去日本，母親和歐吉桑開車載我們去箱根泡湯、吃懷石料理，我們對家長介紹彼此關係當然是說「好朋友」，記得母親當時曾說：「你那個朋友，很愛漂亮喔！

洗完澡出來保養品擦一堆，擦很久。」

和A在一起時，他成了我學弟，我跟母親說：「媽，我有個學弟要去日本喝喜酒，可以住家裡嗎？你們可以去機場接他嗎？」哪有學長照顧學弟這麼周到的！後來母親說：「你那個學弟，很會玩喔！都是早上才回家。」還有S陪了我八年，母親病重時他曾陪我到病房探望，我說：「媽，這我朋友。」母親點點頭，兩個人都沒多說什麼。

她離開後，我忙著處理後事，每個決定都要擲筊問她，都是一次OK，唯獨這一題：「媽，我現在身邊這個人，對嗎？」連擲了三次都沒有聖筊，當下我十分傻眼。果然，我們在去年分開了。

某天，J和兩個女性朋友買了海鮮一起來家裡吃，我故意跟歐吉桑介紹說：「她們是友達，他是戀人……哈哈哈。」我只是頑皮地想測試他的反應，沒想到他的表情非常雋永，白眼要翻不翻的模樣，覺得「不敢相信」「你在胡說八道」的表情，卻又給我「早知道了」的想像，總之非常有趣。

我幾乎是每一任對象，分手之後都還能當朋友的。如果母親還在，而我又願意跟他們分享，其實她和歐吉桑可以多好幾個「兒子」。就像每年她的生日、忌日、過年，S依然會開車載我去掃墓拜拜，以前也都會先繞到基隆，接了歐吉桑再一起上山。

知子莫若父母，所以我想歐吉桑應該知道他和gay變成家人了吧？

不過話說回來，他知道與否，也沒那麼重要就是了。

Chapter3

日本爸爸和我共同的想念

01 生命共同體

二〇一〇年中，母親從日本打電話回臺灣和我「商量」一件事，說她想和歐吉桑回臺灣「住個半年好嗎？」我不假思索回答：「當然好！」

算一算，母親那時已經在日本定居超過二十年，她去日本生活的中後期，逐漸有了年紀和經歷，出來開了自己的店，但不巧碰到日本經濟開始蕭條，總而言之，做生意的成績並不是很好，撐了一段時間就把店收掉了，也賠了一些錢。

因此當她開口說要回臺灣住半年，敏感的我內心很清楚，接下來兩老的餘生應該都會在臺灣度過了。那時我不論在感情、工作都相對穩定，和另一半租房子住在一起，已經長時間在臺北過生活，基隆老家的房子，反而經常空著，所以母親和歐吉桑要回來住，當然是再好不過。

小時候家裡很窮，搬過好幾次家，還曾經被房東趕，催我們趕快搬走，直到父母離婚，我和母親搬到阿姨家暫住，阿姨將我照顧得無微不至，我才有一種「脫貧」的感覺。只是母親長年住在日本，哥哥姊姊們雖然都很疼我，但從小多愁善感的我不知道哪裡學來「寄人籬下」一詞，內心的小劇場三不五時會上演自己很可憐的劇碼。

母親知道我最大的心願，是擁有屬於我們母子倆自己的家。努力存了好幾年的錢，母親終於幫我們買了房子，和阿姨一家住在樓上樓下，雖然大小只有二十出頭坪，卻是母親用盡青春、犧牲大半輩子與我一起生活的代價換來的，這一紙契約，是她一生辛勞的成果。

・・・

完全不會說中文的歐吉桑，只會「謝謝」和用臺語說「好呷」「歹呷」幾個單字，他來臺灣時已經快七十歲了，可能因為年紀的原因，從沒想過要學語言，到現在十多年過去，還是只會「謝謝」「好呷」「歹呷」，但他有屬於自己的生存之道，除了母親在世時是他的翻譯機，他也可以自己上市場，拿計算機、比手畫腳跟菜販買菜、殺價，某個週末我回基隆時，他正好不在家，我問母親：「歐吉桑呢？」母親說：「去金山買花生。」我「Wow～」了一聲，忍不住好奇：「怎麼去？」母親一派輕鬆地說：「坐客運啊！」堅信他不會搞丟自己。

我很高興他們決定回臺灣定居，因為母親終於不用再離鄉背井，回到自己的家鄉，有老伴、兒子相陪，而且因為有歐吉桑作伴，我的壓力也不會那麼大。雖然「出雙入對」這個詞對老人家而言有點肉麻，但他倆在日常生活裡確實如膠似漆，主要可能還是因為語言問題，兩個人在一塊，對歐吉桑、對母親來說，都比較有安全感吧？

他們回臺後的第二年春天，我在上班時接到一通電話，大哥說母親正帶著歐吉桑到國泰醫院急診，因爲他的血糖指數高到破表。我趕到醫院時，歐吉桑的臉蠟黃又暗沉，身型消瘦一大圈，彷彿被哆啦A夢的縮小燈掃過，和我上一次回基隆見到他時判若兩人。

他被診斷出糖尿病，必須住院一個星期，每天吃藥、打針、飲食控制。那個禮拜，白天由母親陪病，晚上我工作結束後去換班，當時母親的身體狀況也不太好，斷斷續續咳嗽已經半年以上，阿姨跟她說：「你每天都在醫院，怎麼不順便去做個檢查？」

老人家一向怕麻煩、怕「沒病看完變有病」，總是喜歡撐到最後關頭才去看醫生。母親每天在醫院當歐吉桑的看護，再也沒有藉口推拖，「順便」去門診掛號檢查。沒想到當報告出來，眞的「沒病看完變有病」，醫生說她的肺看起來怪怪的，要再做更詳細的檢查，於是我們很快再到臺大看診，再次確認還是得到同樣的、也是我最不希望的答案：母親的肺部有腫瘤。

院方告訴我們檢查結果的那天，剛好是母親生日前夕，當天規畫好的行程是先到醫院看報告，接著請她到飯店吃生日buffet。結果從離開醫院、到飯店用餐的整個過程，我都不敢問她的心情，也不太敢看她的眼睛，只能告訴她：「媽，不要害怕，沒事的，現在醫學這麼發達，接下來的日子，我會陪你一起面對。」

我假裝很勇敢，但以當時對「癌症」的認識，獲知報告結果的當下宛如遭五雷轟頂，那天的生日大餐完全食不知味，腦裡不斷想著：「該怎麼辦？我好怕失去媽媽……」

事後回想，如果當年兩老沒有返臺定居的決定，或是歐吉桑沒有突然因爲糖尿病急診，我們可能不知道要多久以後，才知道母親的體內有腫瘤。

冥冥之中，兩個人的生命交織、互相影響，成爲生命共同體。

02 最後一次旅行

我相信很多事情都是冥冥中自有安排。

母親在日本居住的二十多年間，我最常去旅遊的國家就是日本；而這一生，我僅有帶著她和歐吉桑從臺灣出發到海外旅遊的經驗，之後伴隨而來的，都是生命給予我的迎頭痛擊：第一次去澳門，住頂級的酒店、欣賞太陽劇團表演……旅行結束後的半年後，她被診斷出罹患肺腺癌。

另一次是我陪她和歐吉桑一起回東京，那趟旅程從松山機場起飛後就驚險萬分，最後雖然平安返抵國門，她卻在三個多月後去當了天使。如果能夠早點知道那是我們母子的最後一次出遊，我對她的耐性會多一點、說話的口氣會好一些，就像我如果能知道那年平安夜的急診住院，已經是她生命的倒數計時，那一個月我會放下所有工作和私人生活，把時間全都留給她。

可惜千金難買早知道。

・・・

二〇一六年十月，我計畫一個人到大阪玩，母親也差不多在那時間要和歐吉桑回東京辦事情，原本我打算先去大阪幾天，再搭新幹線去東京和他們會合，但討論之後覺得行程太趕、太麻煩，最後我放棄大阪，和兩老一起從臺北出發。我很慶幸當時做了這樣的決定，因爲接下來發生的事，我根本不敢想像，少了我，他們該怎麼辦？

母親那時已經不太能夠走路，雙腿水腫無力，每走一小段路就會喘個不停。我們向地勤人員請求協助，辦完 check in 與托運行李後，有專人帶領我們一路通關，暢行無阻到飛機順利起飛。

剛開始，母親還跟我有說有笑，但隨著飛行高度不斷攀升，她開始變得不太對勁，原本出遊的興奮感漸漸被焦慮的神色取代，她呼吸變得急促，告訴我：「很喘，很喘。」

那一刻我慌了，歐吉桑也很著急，連忙按了服務鈴請空服員幫忙，空姐大概也沒遇過這樣的情況，機上雖然有急救設備，拿來卻不知道該怎麼使用，趕緊再找來其他同事協助，一群人手忙腳亂……而我們才剛起飛不久，距離日本的飛行時間還要兩個小時。

最後，空姐爲母親戴上呼吸器，打開氧氣瓶順利供氧，總算緩解她的不適。那個時期，母親還有一個問題：頻尿。嚴格來說應該是排尿不順，很容易有尿意，辛苦走到廁所後卻不容易解尿，反而經常在從馬桶起身時，因爲腹部用力，壓迫到膀胱時，尿液外流而弄濕褲子。她在飛機上戴著氧氣面罩，但不時想起身上廁所，明明已經舉步維艱，我告訴她既然已經穿了紙尿褲，就不要讓自己那麼辛苦，先尿在紙尿褲裡就好，但她是個非常愛乾淨的人，堅持要去上洗手間，所以在那趟飛行過程中，我就陪著她起身、上廁所、失敗、回座、再起身、再艱辛地走去廁所……反覆來回好幾趟。

她好折騰，我好心疼。

・・・

兩小時過去，我們總算平安抵達羽田機場，雖然全程提心吊膽、緊張到我的衣服早已濕透，但當腳踏出登機門、踩在空橋地板上的那一刻，我終於鬆了一口氣。同時也擔心，一週後的回程會不會要再經歷一次？光想就頭痛。

取行李、出關，搭車來到飯店，一路上我還是神經緊繃，下車後，我先跟飯店借輪椅。這兩位老人爲了省錢，選了家便宜的飯店，門口沒有無障礙設施，反而有三段小階梯，不高就是了。我問母親：「有辦法起來走嗎？」她說可以，但是當她試圖從輪椅起身時，忽然一個腿軟，我趕緊從腋下接住她，最後還是讓她坐回輪椅，我和歐吉桑將她扛進 Lobby（那時候，歐吉桑還很健壯）。

我一直想知道，是什麼原因導致母親的狀況這麼差？如果是腫瘤壓迫到肺部、喘個不停，這我可以理解；但是雙腿無力、神智恍惚，我就不明白了，怎麼會這樣呢？難道是甲狀腺亢進造成的？但是她明明有在吃藥啊！

一進房間，我將她先安頓好，馬上想找藥給她吃、幫她把氣管擴張劑拿出來，結果她又來了！上一秒躺下，下一秒鐘又想上廁所。我扶著她走到浴室門口，這該死的設計，浴室竟然是架高的，而且高度還不低。

那一刻，我覺得所有荒謬、折磨、能摧毀我意志的考驗，都在這天下午發生了。萬萬沒想到，最驚悚的還在後頭，當我打開母親的藥盒，翻遍行李箱裡所有的藥袋，卻看不到她的甲亢藥。

我問：「媽，藥呢？藥呢？你的藥放在哪裡？」

母親氣若游絲地說：「都在那裡啊。」

我氣急敗壞地說：「你確定嗎？你每天吃的藥都在這裡？」我傻了，無言以對，她該不會每天吃的甲亢藥，就是我買給她補充體力的維他命？

03 藥包直送

我眞的傻眼。

一種懊惱、驚嚇、生氣、不知所措的複雜情緒湧上心頭，氣母親怎麼會連自己吃什麼藥都不知道、收行李的時候歐吉桑沒有幫忙檢查嗎？更氣自己怎麼如此疏忽、不盡責，沒有想過母親有可能會帶錯藥、吃錯藥。我感覺到自己的身體在發抖，因爲當下我非常恐懼跟擔心：她的身子每下愈況，該不會已經有一段時間沒有正確服藥了？

我力持鎮定。一邊深呼吸，一邊跟自己說要冷靜，遇到問題就解決問題，這是我一貫的做事方式。眼前最困難的是語言不通，我們一家三口平常的溝通方式，都是母親居中翻譯，此時此刻翻譯機秀逗了，誰來幫幫我們？

我瘋狂打電話。找懂日文的同事幫忙翻譯，請她把母親的狀況告訴歐吉桑，要他趕快找醫院；同時也在FB發出求救訊號：有沒有正在日本念書的臺灣友人，願意過來幫忙？也打電話回家，告訴家人關於母親的情形，請他們上樓翻一下她在家裡的藥袋，看看還有哪些藥品？並且到處問人，有沒有人剛好明天要來東京，能充當人肉快遞，幫我把母親需要的藥帶過來？再不行，我買張機票請人專程幫我送藥來！

不知花了多少時間，各方不斷積極聯繫，終於確定有朋友隔天要來日本，家人當晚立刻將藥送到她手上；同事也幫我找了幾間離我們的旅館最近的醫院，還找到一位願意在隔天一早到醫院的臺灣友人，充當我和歐吉桑的翻譯機。

那一夜好漫長，我回到自己的房間，又怕母親有任何突發狀況，輾轉難眠。

第二天在醫院的過程，現在我只記得做了很多檢查，再回門診看報告。醫生的診斷結果是，母親會喘、無法走路是肺積水引起，現場幫她抽水之後，果然改善許多，最後我們到藥房領藥、結完帳，醫藥費合計臺幣一萬多元，突然間我覺得臺灣的健保好偉大。

當天晚上，我順利從臺灣友人手上拿到她幫忙快遞來的藥包，母親服用之後，很快地，精神就好很多了，至少沒有再出現神智不清的模樣，只是她的體力依然不足，接下來一個星期的旅程，都必須靠輪椅。但至少她的臉上又有了笑容，也有力氣吃東西了。

在旅館附近的居酒屋吃燒烤時，她還能主動拿起清酒與我碰杯，吃飽飯我推著她進去小鋼珠店，她最喜歡打Pachinko了，即便現在坐在輪椅上，還是興味盎然，反正打柏青哥只要動動手嘛！

我以前很討厭陪她進柏青哥店，都是菸味，又吵，但此時此刻，多臭、多吵都無所謂了，只要她開開心心的。

04 放棄急救同意書

從日本回來後一個多月，就發生了平安夜母親緊急入院的事。她生病那幾年，進出幾次加護病房，ＩＣＵ的氣氛都很冰冷、不好受，但耶誕節凌晨我們從急診被帶上樓的加護病房，卻有一種純白明亮感，隔天早上才發現還有窗戶可以看到外頭，感覺很高級。

細問之下才知道是因爲母親情況危急，前一天胸腔科的ＩＣＵ客滿，這間病房是跟心臟科暫借的。母親、歐吉桑和我各自休息了一晚，那時期我和歐吉桑還是各自回家，他住基隆、我住臺北，但他總是能早起搭第一班車，比我早到醫院。

十二月的仁愛路林蔭道上，空氣冷冷的，我的心也涼涼的。再回到醫院，醫生說要幫母親換一種加壓式的氧氣面罩，因爲她的狀態可能無法自主呼吸，一般氧氣面罩對她來說供氧量不足，必須透過加壓方式將氧氣灌進她的肺部。

再次見到母親，雖然她不舒服，但意識清晰多了，想跟我說話。

「媽媽這次出不去了。」一開口，我就受不了了。她開始試圖跟我交代一些事：存摺、印章放哪裡、提款卡密碼、要照顧歐吉桑……我不想聽，轉過身淚流不止。我一面鼓勵她，希望她不要往負面方向想，要對自己和醫生有信心；另一方面我又告訴自己，我眞的沒把握她還剩多少時間，我要讓她知道我有多愛她。所以從那天起，我每天都跟她說「我愛你」。

「媽，我愛你。」

「兒子，我也愛你。」我在她被氧氣面罩壓住的臉上，看到了笑容。

原來把愛說出來一點都不難，爲什麼過去我們總羞於啟齒？爲什麼要在這樣的情況下才說得出口？

・・・

母親在加護病房住了很多天，每天都有醫生來跟我說她的情況，告訴我她會這麼喘的原因除了肺積水、肺炎以及另一個我最害怕聽到的：原本肺部的腫瘤是一、兩公分，突然在十幾天內長大到五公分，壓迫到橫隔膜無法自主擴張，所以呼吸才會那麼困難。

母親發現肺腺癌時是一期，開完刀後醫生說不用化療，只要定期追蹤就好，當時我和母親、歐吉桑都鬆了一口氣，我笑她：「還好妳沒有太衝動地先去把頭髮剃了。」這樣的好日子持續了一年。

一年後的某一次回診，醫生說肺部又跑出小腫瘤，但她已經切掉五分之一的肺葉，不宜再開刀了，從此開始她的化療抗癌之旅。那幾年的生命狀態起起伏伏，打完藥的後兩天，她會因副作用而不舒服，但總能熬過去，我的母親，就是一個女漢子。

・・・

高級版的ＩＣＵ住了幾天，母親又被換回胸腔科的加護病房，這個環境我熟悉多了，環境老舊、護理師態度也相對冷漠。平安夜入院後經過多日，這天我終於遇到母親的腫瘤科主治醫師以及當年爲她開刀的外科醫師，兩人一起出現告訴我一個很殘酷的事實：

「阿姨現在一切的不舒服，都是長大的腫瘤所造成，以她現在的體力與健康狀況，已經不適合做治療，所以可能無法改善呼吸問題，她必須一直戴著呼吸器，必要時插管、氣切。」

母親意識清楚時曾交代我，她不要插管。

當時我很冷靜地想：如果眞的走到這一步，強留她有沒有意義？這個選擇非常兩難，但我的最高原則就是不要讓她承受太多無謂的痛苦，就算她會因此比較早跟我說再見，都希望盡可能地減少她的病痛。

痛，就給留在世間的人承擔就好了。

於是，我簽了放棄急救同意書。簽名的時候，拿著筆的手不斷顫抖，眼淚不斷滴在同意書上，暈開成一朵花，這是我此生做過最困難的決定。

就這樣，母親在ＩＣＵ住了一個禮拜，每次去探病的時候，她的手腳都是被綁住的。有親人住過ＩＣＵ的朋友都知道，在那個失去時間意識的空間，你會不知道自己此時此刻在哪裡、爲什麼在這裡、會想拔掉呼吸器跟身上的針管。每次看到她被綁著，我的心好痛，但我又能理解，不綁很危險。

跨年夜，母親終於離開ＩＣＵ轉至普通病房，短短七天，恍若數年。接下來每一天，她都跟我說想回家。

於是「一起回家」，就成爲我們努力的目標。

05
一起回家，是唯一目標

母親一直嚷著要回家，我們一起努力（說眞的，也不知道該如何努力），終於等到醫生說可以出院了。心情既開心又期待，同時也不安又緊張——更準確地說，從她住院那天開始，我沒有一天不是在恐懼中度過。

歐吉桑還是一早就到醫院，而我要預先準備的東西很多，例如她只能灌食，要先買好營養品；她喜歡洗頭，我跑去醫療器材行爲她買了塑膠洗頭槽，方便日後在家幫她洗頭，以及各種出院會用到的照護用品。

「媽，我們要回家了。」採買完回到病房，我在病床前跟母親說。其實最麻煩的是供氧設備要租借，跟廠商確認好一切沒有問題、收完行李辦好出院手續後，就等救護車到來。其實，母親出院這件事，是醫生爲了滿足她的心願，因爲她的呼吸狀況依舊不理想，回家後有任何狀況，還是要再回院急診。

・・・

從臺北回基隆的車程，只要半個小時，那天是週五，救護車才從醫院駛出，還沒上高速公路就開始塞車，母親全程需要供氧，我很擔心機器蓄電量不足，氧氣會用完。此時前座的救護人員問我：「如果回去的路上，阿姨的呼吸不好，或是血氧濃度下降，你要怎麼處理？很多家屬都硬要送回家，但我跟你說，常常這樣就會出事。」

爲了加快行車速度，救護車開了警報器，果然一路暢行無阻來到八堵，眼看過了隧道就是基隆，母親的血氧濃度卻開始往下掉，前座的駕駛不斷問我：「要送回臺大嗎？還是就近送長庚？」他的問題不斷急速重覆像跳針般，就是要我趕快做決定：現在、立刻、馬上。

只要出了隧道，再五分鐘就到家了，但救護人員沒有給我「回家」這個選項。

我猶豫不決，車子竟緩緩在路邊停了下來，但可能是這一路都開著警報器，令母親感到緊張，當救護車停靠路邊，她的血氧濃度也逐漸回升。彷彿經歷千山萬水，我終於完成母親的心願，帶她回家。

她不在之後的這些年，我還是常想起這段往事，我非常明瞭無論如何她一定要回家的原因：這個家是她一輩子辛苦的成果，在和我生父離婚後，孤兒寡母終於有了自己的家，所以再怎麼舟車勞頓，哪怕只是一眼瞬間，都要回來看看。

因爲她知道：不回來，恐怕再也沒機會了吧？

母親回家的那兩天正逢週末假期，家人剛好都在，輪流上樓陪她聊天。她的健康情況並沒有因爲回家而好轉，我們借來的醫療床放在客廳，讓她隨時可以或躺或臥，聽周遭的晚輩說話給她聽。當時我已經知道，母親不會好了，但內心非常希望老天保佑，讓她能陪我們再過一個年。

當時我在週刊上班，星期天必須回公司加班、趕年前截稿。邊看稿子、家人不斷打電話來，告訴我母親呼吸不順、主動說要回臺大求急診。當時晚上九點多，家人叫了救護車將她送回臺大，我也拋下手邊的工作直奔醫院。才一抵達，等著我的，又是一張病危通知書。

我依照跟母親的約定，不讓她插管，護士小姐說：「那她很快就會走囉。」面無表情，語氣是那麼的雲淡風輕。

06 病房裡的年味

過年了。

父母離婚之後，我每年都要吃兩頓年夜飯：除夕傍晚，我會先回奶奶家，和父親、叔叔、姑姑圍爐，是我本姓這邊的家人；速速吃完之後，再趕回阿姨家，和我眞正住在一起、親密度更緊密的家人吃第二輪。

奶奶過世之後，父親在臺北已經另有家庭，爲了免去我同天趕場的麻煩，就變成小年夜先去父親家吃飯、除夕夜我就回基隆的老家團圓。尤其是母親和歐吉桑從日本搬回臺灣定居後，我更不想在除夕夜這天，去其他地方吃年夜飯。

母親出院後，在基隆只住了短短兩天又被緊急送回醫院，但至少讓她在住院將近一個月後，回到家裡看看。當時年關將近，這個年我勢必得陪她在病房裡度過了。

除夕當天，我帶了在便利商店預購的年菜到醫院陪她圍爐，但她那時候已經無法進食了，只能靠鼻胃管灌食，我帶去的獅子頭、臘腸飯、雞湯，只有看護和我一起吃。

很多人應該跟我有同樣感覺，好像年紀越大，越覺得沒有過年氣氛，如今面對過年，我唯一會做的準備工作就是大掃除，把家裡除舊布新一番，然後準備好給家中長輩、晚輩的紅包。第一次在醫院過年，我倒是特地去買了春聯，貼在母親病房內的牆上，還在置物桌擺上貼了「春」「福」「旺」等紅紙的柑橘與鳳梨，讓病床上的母親感受年節氣氛，只差沒把電視搬來給她看過年特別節目了。

晚餐過後，家人陸續來到，病房裡相當熱鬧，晚輩們也帶來紅包跟母親說新年快樂，祝福她早日康復。吉祥話、鼓勵的言語不斷，母親虛弱地笑著，心裡應該是開心的。

初一一早我來到病房，一看到母親的樣子忍不住笑出來，因爲看護小姐幫她綁了一個小小的、可愛的沖天辮，我想起愛洗頭的母親已經好多天沒洗頭了，應該很渴望吧？等年假結束、理髮部上班了，再請人上來幫她洗頭。這天病房更熱鬧，母親的手帕交、我孩提時代就看過的阿姨也來探望她，而我自己的一群好姊妹們也相約來跟她拜年，左一句「阿母」、右一句「媽媽」，彷彿就像在叫自己的母親。

這麼歡樂氣氛感染了母親，她一整天的精神狀況好很多，甚至久違地可以坐起身，我將床背調高，好讓她能夠倚著，再把簡易餐桌架上，打開i-pad放韓劇給她看。母親看的韓劇不比我少，她最喜歡的韓國明星是李英愛，

《大長今》全劇不知反覆看了多少次，有一次她跟我說：「如果李英愛有來臺灣，你帶我去看她好不好？」我聽完意外地瞪大了眼：「媽呀，你竟然想追星？」

・・・

姊妹們陪我與母親共度了一個很開心的午後，因爲母親展現了這段時間少見的元氣，我看了也很放心，當天早早離開醫院，和她們去通化街吃晚餐、買刮刮樂，最後還在一間知名的冰品店門口，當起狗仔拍到一名男藝人帶女友來吃冰的獨家照片。

這個大年初一，就在開心、得意、滿足，以及比賽誰刮刮樂刮到比較多獎金的笑鬧聲中結束。只是，母親再也沒機會洗頭；而我後來才知道，母親這天的精神奕奕，叫迴光返照。

07 媽，請你等等我

大年初二。

一早我來到病房的氣氛，和前一天猶如天壤之別。先看見歐吉桑焦慮的面容，我包包還沒放下，看護就急著告訴我，母親的心律非常不整，二十秒之內，心跳從一百降到五十，又升到六十、八十，來來回回、上上下下，機器一直響個不停。

其實從小年夜開始，母親的呼吸已經越來越困難，不時吵著要找醫生，希望醫生給她嗎啡。醫生評估後，開始讓她服用嗎啡來減輕不舒服，每四個小時喝二C.C.，雖然醫生曾提醒，使用嗎啡後因爲二氧化碳無法排出，心臟會慢慢衰竭，加速母親離去的腳步，但看她在病床上喘不過氣、辛苦要氧氣、討嗎啡的樣子，我寧願她昏昏沉沉地睡著；即使她睡著了，或是朦朧間不知道我在她旁邊，但只要她呼吸不要那麼急促、血氧濃度能夠維持穩定，我靜靜地陪伴她、看著她，就心滿意足了。

・・・

初一那天，醫生對母親的嗎啡供應，從原本的四小時二C.C.，調升至四小時三C.C.，因此當天下午她還能坐起身看韓劇、跟來訪的親友們打招呼，我感到驚喜且意外。

初二下午母親醒來時，眼神顯得有點空洞。傍晚看護幫她灌食牛奶，她吐了出來，白色的牛奶淹沒了她的呼吸器，把我嚇得半死，很怕她會嗆到，趕快請護理師來協助清理跟抽痰。記得有一次她住雙人病房，當時病情還沒有現在嚴重，我們還能在病房內有說有笑，隔壁床是一位老伯伯，他因爲抽痰發出痛苦的哀號聲，令我印象深刻，於是當護理師說要幫母親抽痰，我很鴕鳥地走到病房外等待，不想聽到她的聲音。

事後護理師跟我說：「剛剛幫阿姨抽出一塊很大的痰。」

過去這一個月，母親急診、住院、送加護病房、出院，再回來，我已經很習慣每天在醫院穿梭的生活，但從來沒有一刻像現在這麼想逃離，我不確定是看到母親吐奶的畫面讓我不捨，還是抽痰的聲音令我不舒服，抑或是我承受的壓力來到臨界點，當下我就是非常、非常想抽身。

• • •

簡單吃了晚餐，我跟母親說：「我想早點回家，明天再來看妳。」說完再見後，急速奔向電梯，此刻的我非常需要外面的空氣，以及家裡的沙發，我想要吸飽氧氣後，躲進自己的角落與世隔絕，拜託這些錐心的事暫時放我一馬。

洗完澡，走出浴室時，頭髮還是濕的，電話就響了，這段期間我很怕手機發出聲響，不論是電話或訊息，只要它一響，我的汗毛便立刻豎起來。

接起電話，看護妹妹急促地叫喊：「哥，你快來，媽媽的血氧濃度一直掉，只剩三十幾。」

我全身顫抖，掛上電話立刻通知基隆的家人，隨便換了衣服立刻用最快速度騎車趕回醫院。沿路上，每個紅燈都像一個世紀那麼長，只有風速與我對話，我不斷發出喃喃自語：「媽，請你等我，拜託你一定要等等我。」我無法形容那一段路程的害怕與恐懼，但我清楚記得手腳和身體完全沒辦法克制地在發抖。

回到病房，醫生跟兩位護理師正在對母親進行急救，像幫氣球打氣似地，不斷把開到最大的氧氣灌進母親體內，當時母親幾乎是沒有任何生理反應能力了，只能藉由這樣的方式維生，醫生一邊爲她輸氧，一邊問我：「家裡還有什麼人？趕快通知他們來。」

我知道和母親說再見的時候到了，家人在趕來的路上，我在床頭不斷跟母親喊話：「媽，拜託你再撐一下，我知道你很辛苦，請你再忍一下，讓大家可以再看看你。」

・・・

夜逐漸深，親人、後輩陸續到齊，有人說「阿姨，辛苦了」，有人喊「婆婆，加油」，我拍拍姪女的手跟她說：「不要留她，讓婆婆好好地，安心地走。」從小我就知道母親是一個很堅毅的女子，她很少哭，還記得她曾經跟我說過一段話：「我的眼淚，在你外婆過世，還有跟你爸爸離婚時，就已經流光了。」

如今，在等待家人到來的最後時刻，她的眼角一直濕濕的，眼淚還是很好強地沒有眞的流下來。我反覆幫她擦拭眼睛，握著她的手，不停地在她耳畔對她說：「我好愛你，我捨不得你，但我希望你可以沒有痛苦，安心離去。」

謝謝你帶我來到這個世界，謝謝你獨立將我養育成人，如果我這一生有任何值得被人稱許的地方，所有榮耀都歸於你。

醫生宣布母親的死亡時間，是農曆的正月初三子時。我很清楚，母親撐到這個時間離開，已經很努力了，她這麼辛苦，就是要陪我跟家人再過一次年。從除夕到初二，年已經過完了。

我最親愛的母親，再見。

08 會習慣但永遠不會好的痛

生與死，只是一秒間的距離。

上一秒鐘，儘管呼吸微弱，但她仍有心跳；下一秒鐘，她的心跳停止，人從此沒了。

上一秒鐘，我理智地請家人放手讓母親離去；下一秒鐘，我崩潰地跪在地上哭喊：「我沒有媽媽了。」

我沒有媽媽了！

我沒有媽媽了！

我沒有媽媽了！

病房內的啜泣聲此起彼落，我依然握著母親的手。幾分鐘之前我還附在她的耳邊，請她循著光的方向前進，此刻她是否已經看見光的指引，通往極樂世界？我摸摸她的臉頰，還有一些溫度，接著家人爲她換上我幫她買的長袖帽T，上頭還印著勇士隊Curry的30號，歐吉桑也有一件，那是他們的情侶衣。

希望母親在天堂看球賽時，也能夠想起我們，想起我們一家三口的美好。

・・・

母親走後的頭幾天，有好多事要忙：除了每天到靈堂上香、接待來訪的親友，還要去選骨灰罈、看長眠之地、討論告別式的日子等等。當然這些事，每一項都要擲筊問母親的意見，而她全都一次就給我聖筊，這點跟她的個性很像：一直都很體貼我、不喜歡麻煩我、尊重我做的任何決定。

其餘時間，就是和家人一起在家裡摺紙蓮花，聊天回憶母親的過往，說她個性如何勇敢、如何火爆。閒聊時，我問姑姑：「奶奶走了之後，你內心的痛多久才復原？」姑姑說：「你會慢慢習慣沒有媽媽的日子，但那個痛是永遠不會好的。」

每一天睡前，我都祈禱母親能夠入夢來跟我說說話，長輩們都說離世的先人會在頭七那天回家，小時候甚至聽過要在門口、玄關撒香灰、沙子或米粒，看是否有腳印，就知道逝者回家了。

頭七前一晚，我就夢到母親了。夢裡她沒有跟我講話，夢境快速又簡短，而且完全沒有邏輯：場景是在急診室，我們在等病房，母親的病床突然變成看護的陪病床，但她人不見了。我急著到處找她，突然間聽到看護妹妹呼喚我說：「媽媽在這裡。」接著我就醒了，醒了回到現實，非常嚴重的失落感。

整個星期我都住在基隆老家，我看不出歐吉桑的情緒，老實說，那時候我和他很不熟，主要是因爲無法交談。做完頭七隔天，我回到臺北的家，那是個週末下午，我一個人在家大哭了一場，此刻我好想跟母親說話，我可以滔滔不絕地說，只是再也聽不到她回應我了。

・・・

原本我以爲，自己從小到大早就習慣沒有母親在身邊的日子，失去她的傷心可以少一點，但我錯了。她住在日本的時候，我每年至少還可以看到她兩、三次；她搬回臺灣定居後，我每半個月可以回家見她一次，如果我願意，頻率還可以更高。如今只剩下她的照片，以後的NBA球季，再也沒有人會告訴我Curry今天投進了幾顆三分球，也沒有人會跟我分享Thompson罰球時的運球姿勢有多好看。

一切都不會再有。

我以爲我可以很瀟灑勇敢地讓她走，我一定會讓自己好好的，可是一想起她，眼淚就會不爭氣地狂流，關於不哭這件事，我眞的慘輸給母親。

原來，這種傷痛會習慣，卻是永遠都不會好。

09 消失於夜色中的飛蛾

過世的人究竟會去哪裡？離開的人眞的會回來嗎？如果會，是以什麼樣的形式？

人眞的有靈魂嗎？如果一個人走了只剩下軀體，靈魂回來看你，你有什麼方式可以感應得到？

有人說頭七那晚，先人會回來，留意門口的腳印；有人說家裡會聞到香氣；有人說會像梁山伯與祝英台一樣，羽化成蝶。

這些，過去的我完全鐵齒不相信。我總是以科學的角度，認爲人走了，就是斷氣了、心跳停了。天堂、地獄、靈魂有誰看過、經歷過？沒有的話，我不相信。

．．．

母親做完頭七隔天下午，我回到臺北家中大哭了一場，那時我還沒領養Happy和Healthy，陪伴我的是一隻十一歲的波斯貓Gucci，牠看見我的悲傷，縱使自己也老了、身體不大好，還是緩步地走近我的身邊，用頭輕輕蹭我的小腿，像是在跟我說：「老爸加油，撐住！」

晚上，我突然聞到一股特別的芬芳，氣味淡淡的，似有若無，卻又真實存在，和以往家裡點的香氛蠟燭截然不同，有點像胭脂，又帶點花香。當下我沒有多想，只是有點狐疑：這是什麼味道？家裡怎麼會有這種味道？

沒多久，我看見原本連緩步移動都意興闌珊的Gucci突然跑了起來，牠在追逐某個東西，我定睛一看：是一隻蛾，一隻咖啡色的飛蛾！

我的身體彷彿被電擊了一下，全身起雞皮疙瘩，因爲我住在高樓層，家裡的窗戶雖然開著，但還有一層紗窗，究竟這隻蛾是怎麼飛進來的？怎麼有辦法飛得這麼高？我住在這裡好幾年了，別說飛蛾，連蚊子都很偶爾才來造訪一次。

我直覺是母親回來看我了，她在大門玄關處與客廳的檯燈間來回飛著，高度飛得很低，像是有點受傷或是沾到貓毛，飛得很辛苦、很不容易。她的飛舞勾起Gucci的興趣，不斷想往她身上飛撲，我好怕Gucci一把爪子過去會傷到她，心臟加速狂跳。

於是我把Gucci抱在身上，讓那隻蛾能好好地飛起來。突然間她不飛了，先是停在我的褲子上，最後更讓我抓著放在手背上。我看著自己的手，以及手上的這隻蛾，這是我從來沒有經歷過的景象，眼淚更有瞬間奪眶而出的衝動。

Gucci在我懷裡「喵」個不停，不斷伸出手想去抓她，我眞的太怕她受傷了，於是內心那個理智的聲音又來提醒我：如果這眞的是母親來與我道別，我應該表現得很堅強，這樣她才能好好飛翔。我不斷跟她說話，請她不要擔心我，我一定會讓自己過得好好的。

我放下Gucci，從客廳走到陽臺窗邊，飛蛾始終停在右手背上，直到我推開紗窗，她仍不肯離去。最後我把手抖了幾下，她才迎著晚風飛走了，消失在夜色中。

・・・

至今這段飛蛾造訪的影片，還在我的手機裡。事後我有點懊悔，爲什麼總是要裝作大方堅強，其實我一點都沒那麼勇敢，我好捨不得放手。

只是我相信，這一晚是母親對我最後的叮嚀，看到我，她心安了，才能夠眞的飛往極樂世界。

10 勾引思念的遺物

我之前在報社工作時有位同事，她媽媽跟我母親一樣，都罹患了肺腺癌，兩位長輩確診的時間點差不多，所以那段時間我們經常互相鼓勵，為彼此的家人，也為對方打氣。

母親從生病到離開，抗癌歷時六年多，而我那位同事的媽媽，罹癌後約莫三年就走了，相當令人惋惜。有一天我看她在社群平臺上分享整理母親遺物的心情，感到鼻頭一酸，當時我心想：將來我也需要面對這件事。

母親走了之後，我回基隆老家整理她的遺物，發現這些年來，她的生活過得真的很簡樸，衣服穿來穿去就是那幾件、買給她的包包也沒用過幾次，記得她總說「太重了」；手表則是我剛出社會那一年，送給她的母親節禮物，她一戴快二十年……明明抽屜裡還有一只更漂亮、昂貴的卡地亞。

她以前在日本工作時，經濟狀況應該很不錯，身上不少名牌，甚至會有幾件同款不同色的洋裝，我記得有一次去翻抽屜，看到一個ＬＶ皮夾，隨口喊了一聲：「ＬＶ耶！」母親就說：「喜歡就給你，旁邊的零錢包、鑰匙包一起拿去。」

有一陣子我迷上騎單車，想要買一輛自己的車，上網google公路車的價錢，不小心又叫了一聲：「一萬五，也太貴了吧！」母親立刻說：「你生日快到了，我送你當生日禮物。」雖然那時我已經有穩定的工作收入，但覺得年紀一把了，還能收到母親送的禮物，實在是件幸福的事，就厚著臉皮收下了。

接著她冷不防說：「媽媽沒有很多錢，將來也辦法多留什麼給你……」聽完我心頭一緊，笑著回罵她「三八喔！」趕緊打哈哈帶過。

其實母親會不時突如其來交代東西給我，有一次她把我拉進房間，從床頭的抽屜拿出一枚鑽戒跟我說：「這顆雖然不大，但是是眞的，媽媽的手指細，你一定戴不進去，以後你就拿去重做，看你想做成戒指或耳環。」我說：「我要耳環！」

至今，她的那枚戒指跟她的手錶，仍完好地躺在家裡的抽屜裡，我捨不得變動。至於其他衣物，原本我想跟同事一樣，整理好就丟一丟、燒一燒，卻被阿姨阻止：「不用急著丟，家裡又沒缺那個空間。」說來也對。

・・・

不管你有沒有失去過親人的經驗，都不難理解親人不在了，最想留住的絕對不是有形的財物，而是當你思想念對方時，能夠立刻感受到他（她）的東西，例如聲音、氣味。

母親最後一次入院後，爲了急救所需和後續擦澡方便，幾乎沒穿過自己的衣服，都是蓋著醫院提供的病人服。出院時，我把她入院當天穿的便服帶回家，多年來未曾洗過，因爲我希望在最想念、最脆弱的時候，還能抱著她的衣服，聞她的味道，就像在嬰兒時期，在對世界完全不了解的人生初始，你唯一能分辨的，就是母親的味道。

我一直很害怕，這個味道會在時間與空氣中被稀釋。

此外，我還留著我送給母親的最後一支iPhone，應該是5S吧！捨不得丟的原因，除了它是很具體的「遺物」，更寶貴的是手機裡的資料——照片與音檔。我非常感謝智慧型手機及各種通訊APP的發明，它所保存的資料是你原本沒預期的。

當初買iPhone給母親，教她如何用Line傳訊息給我的時候，就注意到她只會用手寫輸入法，可是她有留指甲，用指腹寫字經常寫錯重來，於是我教她用微信，只要按住說話鍵，就能把聲音傳送出去。一開始她用得很不順，總是講一兩個字，訊息就送出去了，一句話被拆分成很多段。

沒想到用習慣之後，有一天微信會成爲母親離開後，我唯一能找到她聲音的媒介。因爲我的手機與她的手機裡，都有我們母子間的通訊音檔，很日常瑣碎、很言不及義，例如「兒子，你在幹嘛」或「你今天好嗎」。但這些片段，卻在失去她之後，對我無比重要。

我曾點開來聽過，一聽到母親的聲音秒哭，實在太揪心、太痛苦了，於是我只讓它放著不去理它，心想等到某一天有足夠的勇氣了，再打開來聽，卻不知爲什麼，多年後，母親的手機再也無法充電，就此無法開機。

於是我改用自己的手機，卻找不到母親的微信帳號。

怎麼會？我明明將她設爲「超級好友」了，爲什麼其他人都還在，只有她消失了？

後來才知道，她的手機號碼被註銷後，帳號也跟著註銷了。
我以爲自己能一直保有的母親聲音，從此隨風而逝。

11 尋找最初，我們回來了

母親離開後的那年夏天，我去了日本一趟。

日本是我最喜歡去的國家，因爲她在那裡定居超過二十年，我的青春期、大學畢業退伍、出社會，人生各個不同階段，都回來日本探親過很多次。母親和歐吉桑住在一起後，搬過兩次家、在什麼地方，我的記憶依然鮮明，散步回去看看大樓的外觀，不難；在對街望著他們一起住過的公寓，有很多畫面跑出來。

這趟旅行，我給自己一個超級任務：想再去看看母親當年到日本時，住的第一個家。那個地鐵站名叫「錦糸町」，離東京車站不遠。我第一次去，是在小學畢業那年。（年代有多久遠！）

那時母親已經離婚，在日本工作一段時間後，嫁給一位計程車司機，他們的家位在錦糸町車站後方步行約十分鐘左右、一間四層樓的公寓。白天她沒上班的時候，會帶著我慢慢晃到車站，車站樓上、對面、旁邊都是百貨公司，對於一個孩子來說，根本是天堂。

那天中午，我在新宿吃完午餐，搭著「中央總武線」往錦糸町前進。

由於年代眞的太久遠了，已經是三十年前的事了，當時我還是個國小畢業生，實在沒有把握腦海中的地圖有沒有辦法帶我找到這個家；同時也不確定那麼多年以後，房子有沒有改建、街道是否有改變？因爲這些年來，我偶爾還是會回到錦糸町，品嘗車站對面的炸蝦飯與名爲「三千里」的燒肉，雖然這兩間愛店都還在，但車站另一側原本是「西武飯店」，如今已經易主了。

電車二十多分鐘的車程裡，我的心跳有點快速，興奮中夾雜著期待；踏出車站，才是考驗的開始，太陽很大，曬得我有點昏沉。

・・・

憑著記憶找路，先沿著大馬路往北走，再轉進小巷子。我看不懂日本的門牌，只知道「丁目」是「巷」的意思，每個丁目還有不同名稱。母親搬過幾次家，住在什麼丁目我其實不太記得了，憑著小學時代寫信給她、信封上的地址努力回想，始終沒有百分百的把握。

我在不同的丁目間繞呀繞，總覺得好像快找到了，卻又沒看到我印象中的那幢四層樓公寓，而我的記憶地圖裡還有一個很重要的地標，是一間名叫「大三元」的中華料理餐廳，就在母親住的公寓出門後左轉，遇到的第一個巷子口轉角，店面不大，但當時看到「中華料理」就覺得親切，每天營業時間一到，老闆娘還會在門口放置「大三元」的立牌，歡迎客人上門。

既然我不確定母親住在哪個丁目，就先找「大三元」吧，希望它還在。

又走了幾分鐘，皇天不負苦心人，「大三元」終於出現在我眼前，只是它已經不是巷口轉角的那間小店，而是在巷子裡、一間兩層樓的餐廳！

原本我想先找到「大三元」，再從巷口以倒退嚕的方式走路，就可以找到我的目的地，結果擴大營業的「大三元」反讓我進退兩難。就這樣，我獨自在這些小巷弄裡來回走著，最後停在一幢建築前，我相信就是它了，就算不是，也相去不遠了。

它的樣貌，跟我記憶中有落差，而且明顯改建過，但此時此刻，我就站在它面前，內心無比激動。

握著手中的皮夾，皮夾裡有母親的照片，我跟自己說，也跟母親說，這裡是母親最初在日本開始的地方，離開這麼多年之後，我們回來了。

12

讓我採訪你

母親從被醫生宣布肺腺癌到開刀、治療，她表現得一直很冷靜跟鎮定，反倒是我，內心開始出現恐懼、不安全感，害怕不知道什麼時候會失去她、她的生命是不是已經在倒數了？

我發現自己對她的人生不夠了解，於是有一天，我開玩笑地跟母親說：「我想採訪你。」母親笑著說：「好啊，你要採訪我什麼？我要說什麼？」

我告訴她，我當了很久的記者，採訪過很多明星的故事，他們跟誰戀愛、結婚、離婚……但是我對自己母親的故事，知道的不夠多，希望她有空和我分享她年輕的故事，也許是我小時候，也許在我出生之前。

母親告訴我，她在電影院當過驗票小姐、在基隆市政府打過工，還曾經爲了謀生，搭了很久的船到香港求職。我非常驚訝，原來母親赴日本工作之前，就已經去香港闖過了。她從婚前就是一位很獨立的女子，或者說那個年代的生活很困苦，爲了生存，她一直很努力。

她說的這些經歷在我記憶中完全是零，過去都不曾聽她講過。我勉強有印象的是她在基隆廟口的沙茶火鍋店上過班，現在回想起來，應該是公關經理之類的工作，穿著漂亮的衣服和高跟鞋接待客人，她的雙腳有很嚴重的拇趾外翻，應該是年輕時穿太久高跟鞋的緣故。

母親年輕時很美，個頭雖小，身材卻玲瓏有緻，留著一頭波浪長髮，非常有女人味，「受訪時」她告訴我，胸部是做的，我聽了哈哈大笑，原來我媽這麼新潮！難怪我以前染頭髮、跟她說想去穿耳洞，她都說好。

她是牡羊座，性格有點剛烈，是位敢愛敢恨的鋼鐵女子。她說當年父親追她時，對她有多好；她懷我的時候，我爸已經外遇了，她還挺著肚子去抓姦，一五〇公分的女人給一七〇公分的男人一巴掌，把男人的太陽眼鏡從臉上摑到地上，摔得粉碎。

「但每次回家，他都會幫我帶一隻雞腿……」我笑了，原來在我眼中這麼幹練的母親，在愛情裡竟然這麼傻，說到外遇的前夫，竟然會因爲一隻雞腿的補償，笑得溫柔。

• • •

我很喜歡我的膚色，很好曬黑、看起來很健康，母親說因爲她懷我的時候很愛吃芒果，而且是綠色的土芒果，所以我的皮膚才會偏黃；她快臨盆時，想到接下來坐月子都不能洗頭，搭了小黃先去美容院，結果在車上羊水破了，她還是處變不驚地去把頭洗完，再回家讓我阿嬤（她是助產士）把我「拉」出來。

小時候某一天，家裡突然多了電視、五斗櫃等家電和家具，原來是我父親外遇的那位阿姨開瓦斯自殺離世了，這些東西是從她的套房搬回來的。我從小就知道，家裡很窮，奶奶和母親很辛苦，因爲善良的奶奶被倒會而欠了一屁股債，所以我們每隔一段時間就因爲租約到期而被迫搬家，光小學畢業前，我就住了三個不同的地方，這還不包括母親和父親吵架後，帶我離家出走，到不同朋友家借住的日子。

我們母子倆，曾經借住在基隆廟口附近、友人家的一間小閣樓，爬木梯上去，梯子還會發出「嘎嘎」聲響，閣樓的高度睡覺還可以，但大人無法站立。還有一段時間，母親在朋友介紹下，帶我到臺北替一戶人家幫忙打掃、煮飯，我還記得是在重慶北路啟聰學校附近，雇主是一位單親媽媽，提供我們吃住，我都叫她王阿姨，後來母親聊起這段，總是很心疼地跟我說，因爲王阿姨的小孩對我很不友善，經常欺負我，所以後來她決定辭職不做了，寧可再找別的工作，也不能讓兒子被欺負。

經她一說，我才想起那家的小孩眞的很可惡，有一天竟然將我和母親反鎖在房間內就出門了，母親用房裡的椅子墊高，將我頂到衣櫥上方，讓我可以從衣櫥打開木板隔間上方的窗子，跳出房外，將上鎖的門打開。

・・・

母親總是說她自己虧欠我很多，沒能給我完整的家庭、不能和我生活在一起、陪我成長……但我從來不覺得她欠我什麼，年輕的時候也不懂她爲什麼要這麼想，因爲這一生，給我的、爲我做的，太多太多。

後來，我才懂這個問題的答案根本很簡單：因爲她是一個母親。

13 我不怕體罰，只怕她難過

母親只有小學畢業，可能是學歷不高的原因，加上家裡經濟狀況不好，從小她對我很嚴格，把我訓練成一個用功自律的人，例如每天早上，我永遠會在六點半的鬧鐘響起前就起床；每天放學回家，第一件事絕對是寫功課，然後吃晚餐、洗澡、晚自習。

我很規律，甚至有點無聊，上大學後和同學們討論起國高中階段的生活，我才知道有那麼多人在看漫畫和金庸，而我的生活重心就是課業，除了複習老師當天授課的內容，複習完、寫完測驗卷和自我評量，接著對第二天的課程進行預習，預習完了就寫自修題目，如此一來，老師上課時，我已經懂一半。

所以我從小就是個循規蹈矩的好學生，原因很簡單，因爲我很怕母親。

・・・

我很在意自己的成績，私立小學競爭激烈，我多半能維持在班上的前五名，以我自己的標準看來，排名掉到五至十名之間就是考不好了；有一次月考，社會科竟然只有七十幾分，那是我從沒看過的低分，月考排名落到二十名之外，當天嚇得差點不敢回家。

現在這個年代，大家都說課業不是唯一，但我承認，我就是在塡鴨式教育下長成現在的樣子，我很會考試。

小時候不懂事，總是覺得母親很凶、很嚴格、脾氣火爆，後來才知道她在「規矩」上對我的要求，遠比課業來得多。

爲了生活，她做過很多不同的工作，有陣子父親結束離家在外的生活，和母親到市場賣魚，我也常跟著去幫忙，有段時間，母親和朋友在家裡附近合開了一間麵店，有天早上我和她朋友的小孩在店裡跑來跑去，大人喊著「不要亂跑」「會影響到客人」，但小屁孩玩得正開心，哪裡聽得進去？突然間，玩伴不小心撞到桌腳，打翻桌上的筷筒，所有筷子撒了一地，當下母親不動聲色，看我一眼就令我不寒而慄，我心想：死定了。

中午打烊後果不其然，她找我算帳，不知從哪找到一支到我肩膀高的細長棍子，將我打到手臂、大小腿和背上都留下一條條紅腫的傷痕，痛得我大哭，而她也跟著哭，哭完再爲我擦藥。

・・・

母親很常對我體罰，我卻從來沒有怨過她，反而害怕看到她生氣、難過、哭泣。我有記憶以來，爺爺已經中風長期臥病在床，奶奶是虔誠的基督徒，有天一起上教會的教友來家裡探病，離去前在床邊爲祖父禱告，禱告結束一睜眼，祖父已經在睡夢中平靜去到另一個世界。

現在想想，這是福報，但當下全家亂成一團，陷入一片愁雲慘霧的淚海中。那年我才四歲，對於「死亡」毫無概念，卻會打電話跟阿姨哭說：「阿公走了，媽媽一直在哭……」事後大人們稱讚我「孝順」，誇我年紀這麼小，就會因爲阿公沒了而難過，其實我只是因爲不捨母親難過而跟著流淚。

• • •

我的童年，沒有3C手機、平板電腦，也還沒有7-11，久久才逛一次三商百貨，當時存了零用錢，最大娛樂就是到柑仔店抽東西，一元可以抽兩張，看是單號或雙號中獎，跟店家兌換零食或玩具。

有一回，我拉著三姊陪我去抽，當天手氣超好，興高采烈捧回一堆戰利品回家，卻遠遠看到母親在家門外的斜坡上等我，臉上帶著一抹詭異的微笑，嚇得我趕緊把戰利品藏在身後，一件件把手上的零食、玩具丟掉，雖然那次沒有挨打被罵，卻已嚇到屁滾尿流。

在家裡，永遠是父親白臉、母親黑臉，我曾經因爲跟父親頂嘴，被母親嚴厲喝斥，要求我跪在父親面前跟他道歉，但我從來沒有因爲她對我的嚴厲，而少愛她一點。一直到上了國中之後，有一天我忽然想起自己好久沒被打了，母親才告訴我：「你長大了，我不會再打你，但你要開始學會，對自己做的每件事情負責。」

Chapter4

日本爸爸的美食冒險

01

開啟家政夫模式：日式涼麵與咖哩飯

歐吉桑剛來到臺北的前幾天，幾乎都是外食：用餐時間一到，我會到自助餐店幫他包便當；外出工作時，我會盡量排開用餐時間，如此一來，收工回家時還可以順便帶午（晚）餐給他。這樣連續吃了五天，同居生活的第一個週末到來，我便想自己下廚。

・・・

想起早年我去日本探親、旅遊的日子，回到家的晚餐大部分是他料理，再不然就是他帶著我和母親上館子，現在應該換我回饋一下。但……我的廚藝不算太厲害，差不多是自己吃餓不死、做給別人吃怕丟臉的等級，因爲我始終不太會抓調味料的分量，要做飯給歐吉桑吃，除了是我的心意，也算是有點……冒險的成分。

所以，一開始我想了個簡單方便，又符合他口味的料理：日式涼麵。現在大家可以在日式料理店、炸豬排餐廳吃到蕎麥涼麵已經司空見慣，但我小時候第一次吃到它時，非常、非常驚豔！對於一個不太愛麵食的我，很難想像有一種麵竟然這麼特別又好吃！

後來我才發現做法非常簡單，只要把麵體煮熟、快速過冰水，準備好沾醬，撒上海苔、蔥花就完成了！爲了幫他補充蛋白質，我又煎了一塊牛小排，就這樣完成這道「日式洋食」。

第二週因爲工作關係，我無法在家陪他吃飯的天數比較多，於是我決定煮一鍋咖哩。咖哩說難不難，但要讓它變得更好吃，還是需要花點前置功夫，比方說，除了大家都想得到的馬鈴薯、紅蘿蔔、肉類之外，還可以加入洋蔥跟菇類。先把洋蔥拌炒到焦黃色，牛肉也先炒過，屆時煮出來的咖哩會特別香；隨自己口味喜好添加的鴻禧菇、杏鮑菇，除了健康，也讓口感變得更多層次。

有了這一鍋咖哩，他就可以吃好幾天，我只要把配菜或沙拉準備好，就可以安心出門工作、跟朋友聚餐；同時我也教歐吉桑怎麼操作家裡的微波爐、萬用鍋，而他也很認眞地學習。

・・・

原本我一人飽、全家飽的瀟灑生活，從此多了分牽掛，帥氣的soho族也慢慢轉變成職業煮夫模式，每天的作息是這樣的：

- 早上七、八點起床（我通常比他早醒，會想賴床，但又得把他叫起床，很怕他前一天晚餐後到第二天空腹時間太長，血糖會太低）
- 叫他起床、準備早餐、兩小時後量血糖
- 補眠、準備午餐、需要出門工作就外出、帶晚餐回家，原本兩天幫他洗一次澡，後來他可以自己洗了
- 晚餐後，洗碗、洗衣服、工作
- 倒酒來喝（這點很重要！是我最堅持、不能失去的）

在歐吉桑來之前，以往我結束工作後，都會追劇、看看 Youtube 頻道到一、兩點才睡覺，他來了之後，十二點就差不多沒體力想上床了。

累嗎？有一點。

排斥嗎？倒還好。

想解脫嗎？當然！但，不可能了吧？

很感謝這段日子，有很多認識的朋友、不認識的網友給予的鼓勵與善意，讓我這位長照路上的新鮮人，有勇氣學習跟努力。像是有朋友出國度假前，還特別傳訊息告訴我：「等我回來，需要幫忙跟我說。」也有長居在日本、難得回臺休假的朋友，願意三不五時被我抓來視訊翻譯，更有十多年前的同事，從日本捎來訊息，告訴我若有需要，她也可以幫我視訊翻譯，而且還客氣地跟我說「冒昧」，怕自己的主動打擾了我，甚至有人派出她的姑姑，因爲姑姑跟我母親一樣，在日本住了很久，所以日文很溜，要我需要時別客氣。

突然想起《關於我和鬼變成家人的那件事》，林柏宏一直問許光漢：「叫死gay還是老公？」馬的，我連老公都沒得叫，家裡只有我媽的老公。

02 不再只有起床氣：臺式早餐

成為家政夫後的日常，都是先以一個甜美又不失禮貌的微笑、做早餐開啟美好的一天。

歐吉桑來臺北的頭幾天，我眞的很緊張，因為低血糖昏倒這件事帶來的陰影實在太深，於是我請懂日文的朋友幫我問他平常幾點起床，他說以前在基隆都是跟著我媽一起，差不多五、六點天亮就起床了，吃完早餐後，看電視到九、十點再去睡回籠覺。

經他這麼一說，他住進來的前兩天，我眞的是天剛亮就自動醒來，隔著房門、拉開耳朵聽他醒了沒，怕吵到他，但是又會忍不住想叫他起床。住了一段時間後，我發現他好像眞的是天亮就會起來、上完廁所回房間打開電視，但看一看就又睡著了。

慢慢掌握他的作息之後，睡前我會在他床邊備好一罐營養品，並跟他說：「如果你起床我還在睡覺，但又怕吵到我而不好意思走出房門，就先喝這罐，等我醒來再做早餐給你吃。」但這種不好意思，都是在同居生活的初期啦！現在每天八點他就會打開房門，意思是等我帶他去吃早餐。

・・・

早餐，從最基本的吐司配火腿、煎蛋，到中式的蔥油餅、蒸包子配豆漿我都準備過，還記得有段時間鬧蛋荒嗎？每天詢問雜貨店老闆「今天有沒有雞蛋」，應該是我這輩子最像主婦的行爲；還有一次，我把烤鴨吃剩的鴨架丟進去煮粥；再懶一點，就用Line點餐、十五分鐘後去對面的早餐店拿，明明對我而言很普通、三天兩頭就在吃的培根蛋起司三明治，他卻像發現新大陸一樣喊：「うまい！（好吃！）」

之後我又陸續點了這家早餐店的外賣幾次，他似乎都很喜歡，一直說「基隆都沒有」，我吃到一半的三明治差點從口中噴出來，心想：怎麼可能會沒有？應該是母親生前吃得太過簡單，加上生病後期食欲差，經常是一小個銀絲卷就可以當早餐了，有時她幫我或歐吉桑做早餐，也就是烤吐司、煎蛋、火腿，千篇一律。難怪某一天歐吉桑跟我說：「你比媽媽還會做菜。」

・・・

那天天氣好，我心血來潮，帶他下樓吃早餐順便散步運動，於是我們一起過馬路走到對面的早餐店。這家小小的早餐店，menu有著琳琅滿目數十種選擇，牆上還貼滿了食物的照片，甚至對四個工作人員要撐起整間店，從點單、下廚、收錢、接外送，分工合作如行雲流水般順暢的景象，看了嘖嘖稱奇。後來，他用日文「三兜一幾」（Sandwich，三明治）來稱呼這間早餐店，現在幾乎每天都跟我要「三兜一幾」，因爲他是眞心喜歡這家店、喜歡他們的三明治、蘿蔔糕和熱狗。

其實這間店我已經光顧好幾年了，過去都是外帶回家，從來沒有內用過，也很少跟店員交談；自從帶歐吉桑去用餐後，店員們對這樣一位日本客人很好奇，也相當關心我和他之間的關係，反而因爲聊天而拉近了彼此的距離。

結帳時，我跟老闆娘說：「之後如果他自己來，麻煩多照顧。」她笑著回覆我「沒問題」，後來他們對歐吉桑眞的很照顧，除了每次看到他時，會朝氣十足地大喊「おはよう（早安）」來打招呼，店裡的音樂還會因爲他的到來，換成日本演歌，老闆娘甚至還會請他吃芭蕉、聖代、甜八寶……雖然都是糖尿病患者的犯規食物，但這就是臺灣人的人情味。

於是，早晨不再只有賴床跟起床氣，還可以看到人與人之間美麗的風景。

03
我們的儀式感：老式西餐廳牛排

母親七十六歲冥誕那天，我找了閨密和歐吉桑去吃紅屋牛排幫她慶生，剛好前一晚，前男友送來他去新加坡出差帶回來的綠蛋糕，雖然沒有插蠟燭、唱生日快樂歌，但我和歐吉桑在分食蛋糕時，內心有著滿滿的儀式感。

⋯

母親是在大年初三凌晨走的，她離開的這些年，每年春節前後，還有她生日這天，男友都會開車載我和歐吉桑上山看她，前兩年因為疫情加上偷懶，我們兩個都是從臺北直達目的地拜拜，沒繞道去基隆接歐吉桑。今年過年，我跟歐吉桑說：「我每年都還是有去看媽媽喔！」他回了一句（我猜）「怎麼都沒找我」之類的話。

這六年多，歐吉桑對母親的心意沒有改變。家裡沒有拜拜的供桌，他就自己在房間的五斗櫃上布置了一個簡易版的：放著母親遺照的相框，在照片前，每天換一杯新的咖啡，因為母親很愛喝咖啡，一日數杯，幾乎是當水在喝，不過杯子都小小的，像是喝 espresso 那種小咖啡杯。她愛喝咖啡但不講究，以前都是即溶咖啡加奶精沖泡，畢竟她年輕時還沒有星巴克的存在。

那張簡易供桌上除了咖啡，還會有水果、點心，有時則是他自己煎的魚或日式小菜，我浪漫地想，也許這樣會讓他仍有種和母親一起吃飯的感覺；有的時候，供桌上會出現日本的仙貝、餅乾，這時我就會暗自偷笑：這是你自己愛的吧？我媽哪會吃這些零食？但我清楚，那就是老人家對另一半的思念。

記得歐吉桑曾兩度在家昏倒，分別住院一個禮拜和一個月的事嗎？因爲事出突然、無法預期，我回家打掃時，供桌上又大又美的三顆富士蘋果都爛掉了，除了感到可惜，當我把這些腐壞的水果丟進塑膠袋的同時，還看見了他對母親的感情，揣想失去她之後，歐吉桑一個人在臺灣生活的寂寞……終於理解爲什麼每一年掃墓時，他依然會流淚。

我們每次燒完香之後，會走到母親的塔位前和她說說話，這兩年，我已經可以微笑地跟她說「我很好，不用擔心我」，但歐吉桑望著牌位，還是會不時用手帕拭淚。

・・・

回到母親七十六歲冥誕那天。

歐吉桑的牙口不好，而我仍堅持在紅屋牛排幫母親慶生的原因是，這種老式西餐廳的牛排對我們而言，有種特殊的情結。

小時候，第一次在基隆的「國際西餐廳」（已歇業）吃到會發出「滋滋」聲響的鐵板牛排覺得太神奇、根本人間美味，就三不五時會吵著說要吃牛排（以當時的家境來說，西餐廳的牛排並不便宜）；後來終於被我盧到了，但沒想到送上來的牛排竟然裝在瓷盤上，當時我還生氣到哭。

從那時起，阿姨、舅舅等長輩都知道我喜歡吃牛排，每次他們帶我去西餐廳，都不忘叮嚀我要孝順，於是我就跟母親說：「等我長大賺錢，我請你吃牛排。」小小年紀，對什麼都很懵懂，甚至還蹦出這樣一句話：「我十五歲就讓你當婆婆。」現在回想，不知是哪來的靈感？長大後，我知道母親這輩子是沒機會當婆婆了，於是我經常請她吃牛排、吃飯，用這個方式，看看她那滿足的笑容。

經濟狀況比較穩定之後，我很喜歡請家人吃飯，因爲喜歡看大家吃得津津有味的表情。歐吉桑和我阿姨的生日只相隔四天，我們這些後輩常一起爲他們慶生，有一回，全家四代同堂上館子吃川菜，氣氛熱鬧圓滿，最近一次是大家一起回基隆老家切蛋糕、吃披薩。

・・・

親愛的媽咪，在天上都好嗎？
希望我現在做的一切，都能讓你放心滿意。
生日快樂。

04 家政夫廚藝再升級：關東煮、魷魚螺肉蒜

家政夫的日常，就是上菜市場啊！一個人生活的時候，去市場的頻率可能兩個禮拜不到一次，歐吉桑來了之後，每星期我至少有一到兩天會上市場買菜。有趣的是，以前我買一次菜可以連吃好幾天，甚至常常吃不完還放到壞掉；如今兩個人住在一起，在消耗食物的速度上變得快很多，明明他食量就不大啊……可能真的有伴作伙吃東西，食物會特別好吃，不知不覺中就多吃了些。

我說了自己的廚藝不是非常好，但只要有時間、興致來了，就會盡可能地去想歐吉桑可能喜歡的口味並做給他吃。印象中以前他常在家裡用昆布或柴魚當湯底，煮一鍋關東煮，於是我上網查了一下食譜，發現原來非常簡單。

其實就是把湯底煮好，把你想得到的關東煮食材丟進去，就可以吃啦！從天婦羅、魚板、吉古拉（竹輪），到香菇、蒟蒻絲、蘿蔔、蟹肉條，甚至是任何你想要的火鍋料都可以，只是要記得預先想好這一鍋是幾人分，像我就是個經常眼睛比肚子容易餓的人，想吃的東西很多，一不小心就買太多料，煮起來就會太大一鍋，而且還會剩下一半的料沒煮完，最後只好乾脆再來吃一次火鍋。

・・・

煮飯的日子裡，發生過這樣的小插曲。

朋友知道我煮了關東煮，問我：「歐吉桑有糖尿病，可以吃關東煮嗎？那些食材不是很多澱粉嗎？」我知道他是善意，但當下我的情緒崩潰了，因爲當時處於照顧歐吉桑的初期，做爲一名新手照顧者，內心經常是慌亂、脆弱的，我不需要一直聽別人跟我說「你很棒」，但怕的是稍微一點質疑，都可能讓武裝的堅強瞬間崩盤。畢竟和被照顧者生活在一起的人，不是在遠方，也不是在鍵盤後面的任何人，而是活生生的我本人，我也還在過程中學習壯大自己的心智。

・・・

後來我就不太管別人跟我說什麼了，反正自己的爸爸自己顧，我想煮什麼就煮什麼，於是某一天看了《光露營就很忙了》裡，林心如煮了一鍋魷魚螺肉蒜，心血來潮也想自己來挑戰看看！

開始做飯之後才發現，其實做飯的過程中，難的都不是煮熟這件事，而是開伙之前的備料，尤其這一鍋內容豐富的魷魚螺肉蒜，別說它是功夫酒家菜了，光是買菜備料這件事，就讓我想打好多次退堂鼓——需要準備的食材有乾魷魚、螺肉罐頭、豬肉、芋頭、蒜苗、蝦米、乾香菇，另外還需要米酒調味。

好，看起來不多是吧？但螺肉罐頭並沒有想像中好買！一開始，我以為最難解決的是乾魷魚，但沒想到我一下子就在市場的乾貨店買到了，既然乾貨店有乾魷魚，應該可以一起買到螺肉罐頭吧？理論上是這樣沒錯，但不好意思，這天它剛好賣完了。

這時候我還老神在在，心想：我家附近有兩間全聯，各種罐頭一定都有。結果，我眞的跑了兩家全聯，把架上所有罐頭都用眼神掃過一遍，沒有就是沒有！沒關係，人不能輕易放棄，我把希望壓在我家樓下的傳統雜貨店，那間我都跟朋友說「沒有買不到的東西」的雜貨店。

一進去，我直衝罐頭醬料區……沒有。

我的心開始慌了，因爲眞的很想吃魷魚螺肉蒜、好想自己完成這道料理，而且……今天一定要吃到！再不行，我就要衝去迪化街了。我懶得再找了，直接開口問最快：「老闆娘，請問你們有賣螺肉罐頭嗎？」

老闆娘：「沒有。」言簡意賅、從容帥氣，完全敲碎了我的螺肉蒜之夢。不過，我就是一個不輕易死心的人，正打算上樓拿車鑰匙，決定往迪化街衝了，說時遲，那時快，我又遇到市場乾貨店的老闆娘，她看到我說：「少年欸，還在找螺肉罐頭喔？」怎麼覺得她的語氣中帶點嘲弄？我懶洋洋地回答她：「嘿啊！」沒想到老闆娘話鋒一轉：「你去店裡等我，我回家幫你拿啦，我家還有一罐。」剎那間，老闆娘成爲我的是日救星！我要感謝這位素昧平生的老闆娘，謝謝你成就了我的魷魚螺肉蒜，我今天能得到這個獎……欸，不是，我今天能煮成這一鍋魷魚肉蒜，都是因爲你……

買到罐頭後發生的事就不贅述了，因爲當時我照著食譜煮，現在如果要描述這個過程，就只是拿食譜來抄（是不是很沒意義？大家上網看嘛！）煮完後，別說像不像三分樣，根本就是驚爲天人的好吃！

於是歐吉桑又用日本人特有的誇張語氣：「ㄏㄟ～おいしい（好吃）！美味い！」然後再次稱讚我的廚藝比我媽好。

你說螺肉蒜的湯很甜，糖尿病的人不能喝太多，對嗎？對，你以爲我不知道嗎？少囉唆，先讓我享受一下完成它的成就感好嗎？

啊不然，你來煮給我吃啊！

・・・

05 天啊，直接告訴我什麼可以吧：自助餐

買菜、洗菜、切菜、備料、煮菜……這種生活對我而言只能偶一爲之，如果是每天的話，我絕對會很快就瘋掉，所以且讓我先跟所有家政婦、職業婦女、媽媽們，獻上最深的敬意，你們辛苦了！

・・・

家有長輩的人一定知道，有些老人經常煮一碗麵就當作一餐，還不見得

會放青菜、肉片等配料；另一種老人則是會刻意把午餐留下部分（即便是便當）當作晚飯吃。以上這兩種老人行爲，歐吉桑都有。

有一次，我問他午餐想吃什麼，我去買，他說不用，他要自己煮麵，於是我便出門去買自己的便當。回來後看到他正在吃麵，不誇張，眞的是一碗乾乾淨淨的湯麵，only湯跟麵！那個湯是他自己用味醂、水還有調味料調製而成的，麵就是白白細細的麵線，這樣就是他的一餐。

還有一次，我幫他買了蝦捲飯便當，裡頭有四條炸蝦捲、淋了一層滷肉的白飯和三樣配菜，我們一起吃飯配電視，廣告時間我瞥了一眼他的飯盒，飯和配菜快掃光，蝦捲竟然還剩三條，然後他正準備把便當盒蓋上、用橡皮筋綑起來。

「不要了？」我問。

他說：「晚上再吃。」

我可以理解人在年紀大了之後，食欲和食量都會下降，有時候要吃完一個便當，負擔會比較大一些，但若是爲了節儉，刻意把該吃的東西留到下一頓，我就不太認同了。至於他是屬於哪一種？應該都有吧。

• • •

多數人都知道營養均衡這項飲食原則，幫歐吉桑看糖尿病的黃醫師也曾以手掌當作比例尺，告訴我歐吉桑一餐可以吃多少澱粉（飯、麵、地瓜）、蛋白質（肉類，豆腐）、青菜和蔬果。要把比例記起來一點都不難，只是，要照著做，很難！便當裡一定會有飯、肉、菜這樣的組合，但每一項的比例，根本很難照醫生或營養師的囑咐來吃。

於是，自助餐成了最方便、最容易滿足醫生交代的飲食比例分配選擇，因爲從主食到配菜，都可以自己挑。我第一次去自助餐店幫歐吉桑買飯的時候，瞬間卡住，倒不是忘記醫生所叮囑的，而是想起母親跟我說過他有哪些食物不吃：蔥蒜、香菜、綠色葉菜（天啊！不吃綠色蔬菜也太困難了吧！）白花椰菜他也不愛……那我到底可以挑什麼菜給他吃？

高麗菜，可以！開陽白菜，可以！豆芽菜，可以！（因爲他們都不綠）菠菜，不喜歡！綠花椰菜，不喜歡！燙地瓜葉……淋著蒜蓉醬油，應該也不喜歡吧？但他可以！

那紫色的茄子吃嗎？（軟軟的口感他可以接受嗎？）黑色的涼拌木耳呢？討厭香菜的程度是挑掉就沒關係，還是連沾到就不可以？

一開始，我每次去自助餐店就是這麼戰戰兢兢，然後一起吃飯時，邊觀察他什麼吃、什麼不吃（例如我在做生菜沙拉時，確認了他不喜歡彩椒），後來發現他慢慢地入境隨俗，配合了臺灣人的習慣、調整自己的口味。例如蔥薑蒜，他並非完全不能接受，但他是眞心不喜歡菇類，也絲毫不能吃辣，所以我買自助餐時，都盡量以魚爲主菜，加上蛋和蔬菜，最後搭配半碗飯。至於蔬菜類，店裡綠色青菜何其多，我該怎麼問他菠菜、莧菜、大陸妹……

什麼吃、什麼不吃？

忽然間靈光一閃，我把自助餐檯上裝了綠色蔬菜的菜盤都拍下來給他看，請他直接告訴我什麼可以、什麼不可以最快。

・・・

有一陣子我在進行飲食控制，時間約莫三週，那段時間，我的午餐都去買很多健身愛好者吃的健康便當，不僅飯量（澱粉）少，肉類主食蛋白質豐富，還有大量水煮蔬菜，好吃營養，負擔又少，但歐吉桑吃過一次就不要了，理由竟是：蔬菜太多！

於是，隔天只好繼續幫他買自助餐。

容易嗎我?!

06

兩人的宵夜時間：炸物、臭豆腐，有時還有雞屁股

每個星期四是我固定的運動日，我會去健身房上兩堂團體課：靜態的body balance和動態的舞蹈課body jam，從晚上六點半到八點四十分，下課後洗完澡才回家吃晚餐，嚴格算來是比較早的宵夜了。每次運動完，在思考要買什麼回家吃，都會浮現一個念頭：辛苦運動、消耗熱量過後，當然要好好犒賞自己，所以吃個鹹酥雞應該不為過吧！

主要是每次回家的路上，都會經過某家連鎖炸物店。不論是一大塊炸雞排，還是切成小塊的無骨鹹酥雞都好好吃。那天，我點了鹹酥雞、魷魚條、

甜不辣，回家立刻打開冰箱，拿出啤酒準備邊吃邊追劇。有時候，人生之爽就是如此簡單，沒料到，當我一把紙袋撕開，撲鼻的香味馬上引起了歐吉桑的興趣。

我客氣地問他：「要吃嗎？」畢竟，他晚餐過後就不太吃東西了。

接著他毫不客氣地拿起竹籤，叉了一塊鹹酥雞放進嘴裡，然後說：「おいしい！（好吃！）」

おいしい？對我來說當然是おいしい啊，但是這裡面有九層塔欸，你……可以接受？不是說不喜歡辛香料的調味，所以不吃蔥薑蒜嗎？接著，日本人最會形容食物好吃的誇張語調又來了，然後跟我說：「基隆都沒有。」哈哈，明明廟口、街上，甚至家附近的市場就有啊，只是你們以前從來沒買過罷了。

・・・

我的犯規宵夜除了鹹酥雞店的炸物之外，還有烤串。市場賣的那種先炸再烤，烤得滿滿醬油色、又濃又香的七里香、雞腸都好好吃，特別是雞皮，炸過之後變得好酥脆……五串才一百多元，比任何居酒屋的烤串CP值高許多。

我喜歡吃各種內臟（烤的、黑白切都愛），也喜歡吃各種可食性動物的局部，例如雞脖子、鴨頭、鵝頭以及牠們的心肝皮腸等。本著「歐吉桑不吃內臟」這個想法，那天我完全沒買他的分，結果……結果……他就這樣拿起我的「屁股」！

當下我一手拿著雞皮，另一手拿著啤酒，根本無暇打開翻譯軟體……但我想提醒他：「你知道自己拿的是雞屁股嗎？」於是我用拿著雞皮串的右手，指著我的屁股，接著用雙手在頭頂比一個雞冠，然後發出「咕咕咕」的聲音（我到底要多智障？明明就會講「雞」的日文……）他說他知道，但他應該只是想嘗嘗看，嘗過之後，發現眞的不大喜歡，所以一串五個，他才吃了一個就放回袋子裡。頓時我鬆一口氣——因爲我一個人就想吃十個！

之後每次去市場買烤串，我都會挑一串他能吃、也喜歡吃的給他，例如天婦羅或是丸子，而且那一串是我和他對分，例如兩片圓形的天婦羅，我們就一人一片；哇沙米貢丸一串三顆，我就給他兩顆。烤串雖然好吃，但也不能讓他過量。

和烤串緊鄰的攤位是炸臭豆腐，而且是每塊豆腐中間會挖洞，炸好後，直接在洞裡加入一瓢蒜泥的港式臭豆腐，臭豆腐的臭味與蒜味在口中相遇，吃過之後散發出來的口氣眞是不得了～地令人難忘，但它就是那麼好吃！不過，可能這種臭豆腐獨有的「香氣」太撲鼻了，至今歐吉桑還沒興趣嘗試。

・・・

我家附近的菜市場在下午收市後，傍晚時分會陸續出現許多好吃的攤販：兩家以上的鹹水雞打對臺，還有滷味、炸彈蔥油餅、營養三明治，前陣子還多了地瓜球，也有在賣燒麻糬跟客家鮮肉湯圓的店面。

和歐吉桑同住後，每回只要買宵夜，我都會算上他的分，哪怕只是一小塊肉、幾顆地瓜球，都能令他十分開心。

誰說他晚餐之後不進食的？沒有喔，在臺北的他，宵夜吃得可開心哩！但也請大家放心，我都有好好看著，不會讓他過量的！

07 Happy 歐吉桑，Happy Life：烤鴨與豬腳

和歐吉桑一起生活以來，時不時會映照出母親還在世的珍貴回憶，尤其是想著今天吃什麼，或是吃到某些食物的時候，就會想起過去我們一家三口一起用餐的畫面。

．．．

母親做化療的那幾年，每次都是早上去醫院抽號碼牌，接著到化療室打

針。一般來說，中午前就能結束當次的療程，所以我習慣陪他們吃完午餐、將他們送上回基隆的客運後再去上班。那時我們最常去的餐廳之一，是神旺飯店二樓的潮品集，點幾道菜、幾籠港式小點配炒飯，簡簡單單就能吃得很飽、很爽。

小時候，我喜歡吃飲茶，在西門町今日百貨和獅子林大樓都有手推車的飲茶餐廳；長大後，我帶父母吃飯，發現原來母親喜歡烤鴨和烤乳豬，所以每次吃粵菜，燒臘拼盤絕對是必點。幾年前，宜蘭蘭城晶英酒店的櫻桃鴨很出名，爲了吃烤鴨，我還專程安排了一趟宜蘭輕旅行，如今回想，點點滴滴都是珍貴的回憶。

好多年前，久違的港星周慧敏來臺舉辦發片記者會，唱片公司在君品酒店的頤宮中餐廳辦了一場餐會，我第一次吃到頤宮的酥皮焗叉燒包、春風得意腸、火焰片皮鴨……簡直驚爲天人，當時頤宮還沒拿到米其林三星認證，吃完當下就決定要帶母親、歐吉桑、阿姨和姑姑等長輩來吃。看到他們將美食入口，露出驚豔又滿意的表情時，我覺得好滿足，也很慶幸早早就和家人來吃過，如今頤宮中餐廳身價更不凡、更難訂位了。

而我家對面，下樓過個馬路有一家平價烤鴨店，和頤宮、蘭城晶英一隻數千元的鴨比起來，這間店的烤鴨簡直便宜到爆，一隻六百五十元、半隻三百八十元，而且一樣有片鴨、熱炒兩種選擇，CP值高到不可思議。所以有時候會去買個半隻鴨回來，倒杯紅酒，和歐吉桑兩個人吃得津津有味，沒吃完的帶骨鴨肉，隔天還可以煮粥當早餐。美好的小日子不一定要花很多錢，平凡也是一種愜意。

・・・

我在臺北的家雖然不大，但生活機能真的滿好的，附近各種小吃店、早餐店、便利商店林立，而且都屬於歐吉桑能自行外出覓食的距離。

每當我心血來潮想下廚，或是吃膩了這些商家想換口味，就會上市場買菜。某天剛好在市場看到烤乳豬和滷豬腳兩個攤位，前者勾起我在神旺潮品集的回憶，後者令我想起母親少數擅長的料理（她很會滷東西，例如豬腳、滷肉、滷蛋、雞腳等，每次都滷得色香味俱全）。

於是我把乳豬和豬腳都買回家，原本沒預期歐吉桑會吃豬腳，心想他不太吃內臟，應該也不會想吃豬蹄吧？沒想到他吃得津津有味！我很驚訝地問他：「你會吃這個？我以爲你不吃。」他跟我說以前母親在家裡很常滷豬腳啊！想想也是，過去母親、阿姨都知道我喜歡吃豬腳，尤其視我如己出的阿姨常會跟我說：「什麼時候回基隆要提早告訴我，我滷豬腳給你吃。」

而我自己幾道端得上檯面的拿手菜，其中之一也是滷豬腳。要把豬腳滷得好吃、顏色漂亮，關鍵之一是要先炒糖，把砂糖熔化、炒成褐色後，淋在豬腳拌炒，滷出來的成品保證會令人食指大動。

於是我自信滿滿地告訴歐吉桑：「我滷的豬腳比今天在市場上買的、比我媽媽以前做的還好吃！」他笑著說：「你眞的比媽媽還會做菜。」

歐吉桑在臺北的日子，是從生病到復原、從重新適應到享受生活的過程。民以食爲天，很高興我彷彿開啟了他的美食冒險，不斷開發他的新味蕾。雖然他有糖尿病，飲食上有很多需要留意跟控制，但我也會好好拿捏收跟放，畢竟人生啊，要吃得開心，才會健康快樂。

08 我不是一個人了：橘色涮涮鍋

有一些比較常看我文章的讀者，知道我出身自TVBS-G陶晶瑩主持的《娛樂新聞》節目。不誇張，一直到現在，有時候還是有人會認出我，跟我說「我是看你的娛樂新聞長大的」。比較誇張的是，前陣子我在信義區工作，趁空檔在百貨公司找廁所，突然被人攔下來，問我是不是《娛樂新聞》的記者，想請我幫他簽名跟合照，眞是亂感動也亂尷尬的。

一九九八年加入《娛樂新聞》，絕對是我職場生涯中最重要的一段經歷，如果沒有這段開始，就不會有接下來二十年在娛樂圈跑新聞的日子；更可貴的是，二十五年過去，我們的情誼依然維繫著：去年開始我又有幸每個禮拜在飛碟電臺和陶子姊一起工作；製作人王貞妮是我碰到困難或低潮時，最有力的後盾與最佳心靈導師；當年和我是「娛樂雙嬌」的健弘，多年來一直是住在離我家兩百公尺距離近的好鄰居；還有這些年多虧了跑日文線的Kelly，經常被我臨時求助，請她協助，把我想說的話翻譯給歐吉桑聽。

陶子姊知道我在照顧歐吉桑、知道他有糖尿病，傳了很多日本食物、調味料「哪裡買」的資訊給我，讓我可以幫老人家找一些家鄉味，她還經常耳提面命，一再提醒我不能讓歐吉桑吃甜的：「很多食物都甜在無形中，你們那天在家吃的鰻魚飯，湯汁都有加糖。」因爲陶媽媽過去就是糖尿病患者，陶子姊很清楚患者不能吃甜、又無法控制自己想吃甜的欲望之爲難。

除了陶子姊，貞妮和我也都經歷過失去母親的傷痛，我們有時聊天會彼此療傷，或是聊到自己的失去經歷，會突如其來地眼淚潰堤。她看到我在照顧歐吉桑，主動提議要請歐吉桑吃飯，還說要帶王爸爸一起來，讓兩位老人家可以交個朋友。但這兩位爸爸，一個不會日文，一個聽不懂中文，怎麼辦呢？只好又辛苦Kelly，哈哈哈。

・・・

聚餐的地點選在橘色涮涮鍋。這些年，我在臺北一人飽、全家飽，在「美食」這方面我很捨得花錢，所以母親在世時，一旦吃到不錯的餐廳，我就會想帶他們一起來，現在她不在了，雖然只剩歐吉桑跟我一起生活，但我還是樂意這麼做。「橘色」一向以食材新鮮、高檔聞名，沒有太多不必要的油與調味料，符合日本人清淡的口味，老人家吃起來也比較沒有負擔。

我真心感謝Kelly總是不厭其煩地接受我的請託、當我和歐吉桑之間的翻譯橋梁，幾年下來，他們也建立了一種特別的交情，既陌生又熟悉，Kelly不僅把自己的手機號碼留給歐吉桑，有空還會主動打電話問候他。有好幾次我一直想安排他們見面，這一晚兩人終於正式相見歡了。

兩位爸爸並肩而坐的畫面實在促咪。王爸爸很可愛，盛裝打扮的他，西裝外套全程不肯脫掉，還打了領帶以表慎重（據說那條領帶已經很多年沒用了，只有在重要場合才會重出江湖）。他們幾乎同歲，歐吉桑稍大幾個月，原本我以爲王爸爸的年紀可能受過日本教育，結果不然。一整晚，Kelly在兩位老人家之間，中、日、臺語三聲道轉換，還要跟我和貞妮聊天，眞是忙死她了。

聊天過程中，有一些話聽了既感動又鼻酸。Kelly問歐吉桑我對他好不好，他除了說「很好」之外，還講了一段話：「這一個多月是媽媽過世之後，我感到最開心的時光，因爲六年多以來，我都是一個人生活。」

害我眼睛差點濕掉。這些日子，雖然我習慣的生活模式因爲他的闖入而改變：我做了比過去多一倍的家事、煮了很多以前沒有煮過的料理，但老實說，對我而言，也就是多一副碗筷、多買一個便當而已，並不覺得麻煩到哪裡去。以前去早餐店、小吃店用餐，都是買完付錢、外帶回家，現在有人可以一起坐下來吃飯聊聊天，其實挺溫馨的。

・・・

每次吃「橘色」，最期待的就是用餐到尾聲，服務員用火鍋湯底加入蛋、海帶和白飯煮成的粥，縱使當下已經吃得好撐，還是要吃完一、兩碗粥才有結束的儀式感。那碗粥，吃在嘴裡、暖在心裡、飽在肚子裡。

第二天早上，我問歐吉桑：「昨晚的火鍋好吃嗎？」

他不假思索：「うまい！（好吃！）」

09 生食最高：生魚片和蝦頭

日本人應該普遍都喜歡吃生魚片吧？像是日本料理店各種生鮮魚貨做的握壽司，築地市場、黑門市場有那麼多現捕、現殺的海鮮，還有我心目中最厲害的，莫過於很多、很多年以前，那時歐吉桑還沒來臺定居，每年他來臺觀光或是陪母親返臺時，常常會在行李箱裡「偷渡」生魚片。

這真的是很久以前的事了，我很佩服他怎麼會想到要帶生魚片來臺灣？我相信日本的生魚片很新鮮，但畢竟臺灣也不是吃不到啊！日本到臺灣，從出門、登機、飛行，到落地、出關、回家，六個小時跑不掉吧？這段時間要怎麼讓魚肉保鮮、不會壞掉？而且，過海關時還沒被發現，難道當年的檢查不嚴格？最後回到家，把生魚片從行李箱拿出來時，保冰的冰塊竟然完全沒漏水！

除了生魚片，我生平第一次吃到生牛肉也是去日本時，歐吉桑和母親帶我去燒肉店吃到的：那堆得像座小山的生牛肉，絞成一條條、色澤紅潤的新鮮肉條，上面還有顆生蛋黃，把蛋黃弄破，拌在牛肉上，就是人間美味。總之，在我印象裡，日本人很愛、很愛吃生食。

• • •

前面曾提到，有一段時間我在進行飲食控制，所以有整整三個禮拜沒辦法和歐吉桑好好吃飯，那時的早晨我們一起下樓，過馬路後他左轉前往早餐店，我則是右轉到便利商店買地瓜跟茶葉蛋。

午餐我都吃健康餐盒，但他嫌蔬菜太多，所以那三週他經常自己去便利商店買便當，我看他吃得津津有味，尤其特別喜歡日式咖哩跟紅酒燉牛肉兩種口味，可是我總覺得太鹹、鈉含量太高，不太健康，內心對他有一分罪惡感，所以一直想著：等到飲控結束後，要買一些好吃又健康的食物犒賞他。

一起健身的夥伴和健身房教練們，一致向我推薦在上引水產附近一家生魚片專賣店，物美價廉、CP值高，唯一缺點是老闆娘態度經常令人不甚愉快，但我心想，只是去現場看賣哪些東西，看到喜歡的魚肉就請她現切，應該還好吧？親身經歷之後，嗯，果然是個臭臉鬼。

我很喜歡上引水產，有時會揪好友去吃生蠔，再開一支白酒來享受；也曾帶著母親和歐吉桑去「立吞」，當年覺得「站著吃」很新鮮，不過現在回想起來，要兩位老人家這樣吃飯也太辛苦了。

我把跟臭臉老闆娘買的海鮮生食買回家，打開給他一看，「喔～沙西米！」那種特有的驚呼，眞的是日本人的特色，不同的是，我們在綜藝節目裡看到女生的「喔～」音調比較高、比較做作，我家老先生的「喔～」則是驚訝且帶著疑問。

我買了一盤綜合生魚片，還有馬糞海膽、天使紅蝦、花枝刺身……總之我們一起吃得很開心。問他要不要來點清酒？這部分他倒是挺自律的，自從多年前發現糖尿病後，他把菸、酒都戒了，如今真的滴酒不沾。

・・・

口感Q彈、甜而不腥的蝦子一盒有五隻，他一向很客氣，一定是我三隻、他兩隻。蝦子很肥，我把蝦頭拆了之後開始吃肉，第一隻吃完接著吃第二隻，再配口清酒，再夾片生魚片還有豆皮壽司，此時，他指了指蝦頭，又跟我說了一堆日文，我聽不懂，但隱隱約約聽到miso（味噌）的發音。

我心想：「他應該是問我要不要吃蝦頭，想拿蝦頭去煮味噌湯吧？」聽起來是個很不錯的主意，冰箱裡有現成的味噌、海帶芽也有蔥，但好像沒有豆腐，不然我現在去買盒豆腐好了。

正準備起身洗手，說時遲那時快，他把我的蝦頭拿去吸了！

我傻眼。

欸不是啊！我沒有說我不要吃欸，我只是先把蝦頭放在盤子裡，等一下才要好好地品嘗蝦膏啊，害我差點醜哭，趕快把其他兩個蝦頭收好……好啦，我吃了三隻蝦，他吃了三個蝦頭，也算是公平囉！

10 以吵架結束這回合：無辜的日式漢堡排

除了沙西米，日本人似乎也還滿愛吃漢堡排的？好像很多「日式洋食」餐廳，一定會有漢堡排。二〇二三年夏天，日本知名的漢堡排名店來臺北中山區展店，很多人爲了嘗嘗A5和牛漢堡排，不惜在烈日下大排長龍。對沒耐性的我而言，爲了吃東西要排很久的隊伍是不可能的事。

倒是在我家附近有一間日式漢堡排專賣店，我騎車、走路經過很多次了，從外看店內的裝潢，以及貼在玻璃上的食物照片，都是很標準的日式洋食風，我想應該很符合歐吉桑的口味，所以某個週日晚上，我們一起去了這家餐廳。

服務生遞上有圖片的菜單，眞是琳琅滿目，像我這種有選擇困難、很容易什麼都想吃的人，眞是給我越多選項，會越不知所措。正當我準備問歐吉桑想點什麼口味的漢堡排時，服務生過來熱情解說，還告訴我們「雙人套餐比較划算」，於是我偷瞄了也是兩個人的隔壁桌，他們的桌面上眞的是滿滿的食物。

最基本的就是一人一份漢堡排套餐（白飯、自選口味的漢堡排、蛋和味噌湯），另外還有炸牡蠣、雞腿肉、烤魚、蔬菜棒，以及無限暢飲的飲料，果然眞的很划算。點完餐後去倒飲料，我問歐吉桑要喝什麼，本來想給他「水」「無糖綠茶」這兩個選項，結果他指了「可爾必思」。我當下在內心翻了個大白眼，到底這個人是有多螞蟻！但畢竟是假日出來上館子嘛，要開開心心的，所以就倒了一杯他想要的可爾必思。

• • •

雙人套餐的分量比我預期中大很多，飽到兩個人的肚子都好撐，而且在結帳前還送上甜點這記「回馬槍」：冰淇淋泡芙一顆。我一方面擔心他這一餐的糖分要大爆表了，一方面又跟自己說：「外出吃飯要開心，那就吃吧！」但我猛然想起過去三週因爲沒辦法陪他吃飯，經常讓他自己去便利商店，除了買微波餐盒、義大利麵，他還會偷帶一些汽水、冰棒等有的沒的回來，就連前一晚我去小七買配酒的零食，問他想要什麼，他也沒在掩飾：「可樂。」

其實跟醫生交代的均衡飲食比例，還有陶子姊一再提醒的「糖尿病不能吃甜的」比起來，我對歐吉桑的飲食監控眞的人性化很多，所以我不曉得大家能不能體會，在約束控管一個老人家，或是讓他隨心所欲之間，尺度上的拿捏有多難——理性的我知道該怎麼做，感性的我又會跟自己說：「他都這把歲數了，想吃什麼就讓他吃吧。」我的理性與感性占比大約是四比六或三比七，就是盡可能讓他開心。

・・・

直到吃完飯，才剛到家、停完車的我，看到他已經火速在樓下的雜貨店又買了一袋東西，裡面全都是甜滋滋的冰棒，剎那間，我的理智線就斷裂了，內心的怒火完全無法克制地燒了起來……

晚餐的食物已經超量，ending還吃了泡芙冰淇淋，現在又買冰棒，到底是什麼意思！！等電梯時，我已經忍不住用翻譯軟體告訴他：「你今天不可以再吃冰棒了。」他竟然像個賴皮的小孩跟我說：「這是明天的。」

還跟我頂嘴耍俏皮？很好意思啊！現在是天天都可以吃冰、吃甜就對了？

回到家一走進門，我想連翻譯軟體應該都能聽出我有多不爽，我跟他說：「可樂、汽水、冰淇淋、冰棒這些都是甜的、都是醫生說你不能吃的東西，你知不知道？」我絲毫沒有修飾語氣也沒有掩飾生氣。他聽完沒答話，把冰棒放進冰箱，悻悻然地走回房間。

於是，一頓開開心心的晚餐，以不愉快的結尾收場。

所以啊，照顧我的日本爸爸，不是像童話故事或《二十四孝》那樣的溫馨感人，而是有很多問題要面對、解決的生活日常。

11 今天，你想吃什麼：原住民風味餐

人就是這樣，住在一起的時間久了，就會開始習慣、熟悉，然後惰性開始跑出來了。回想歐吉桑剛來臺北的第一個月，我可是很認眞地上市場買菜、張羅三餐，過著家政夫的生活；現在，看我一個月有沒有下廚一次！不過，就算是外食，每天都要想去哪裡吃飯、買哪一家的便當，也不是件輕鬆的事。

我想起很多年前訪問張清芳，當時她定居香港，很多人都羨慕她的貴婦生活，但訪問中我才知道，就算你是家裡有傭人的貴婦，每天都還是要想讓

孩子、另一半吃什麼，還是得花腦筋想要做什麼料理，好讓傭人去買菜。

・・・

在記錄和歐吉桑共同生活的過程中，我意外發現這些日子除了是他的康復日記，也好像有點變成他的美食冒險，例如過往比較少吃的鹹酥雞、市場木炭烤串、米粉湯配內臟黑白切……都深得他歡心。

夏天我常去游泳，某天早上從泳池離開，趕著買午餐回家給他，爲了省時也圖個方便，我在摩斯漢堡買了兩份套餐回家和他一起吃。畢竟摩斯漢堡是從日本來的，他應該吃得慣吧？我特別選了兩樣不同的主餐：燒肉珍珠堡和海洋珍珠堡，希望至少有一樣符合他的口味，結果他吃完之後，連講了兩次「おいしい（好吃）」，他知道日本有摩斯漢堡，但始終沒機會吃；反而是搬來臺灣、住在基隆的那幾年，有時候家裡會買給孩子們吃，他才有機會吃到。

・・・

我跟自己說，每個週末假日，希望盡可能有一頓飯是帶歐吉桑出門吃飯，一來可以讓他下樓走動，二來希望他不要老是吃便當，所以那天我給他三個選項：一是我們去過、公園對面的水餃店，有炒飯、炒麵，要稍微走一點點路，有時候等上菜還會等很久；二是我之前騎機車載他去吃過的鐵板燒；三是一起走路到附近的夜市逛逛。

我猜他一定不會選夜市，因爲可能沒有辦法（或是懶得）走那麼遠的路，但我沒想到當我說要騎車，他就馬上說「打妹（不行）」，可能是肉包鐵讓他沒安全感？還是他不太會被機車載，總而言之，能去的距離、店家很有限。

原本已經想跟他說那就去吃水餃吧，但下一秒鐘我突然問他：「還是我們去吃樓下那間新開的原住民餐廳？都還沒去過。」他聽了也很興奮。

但看到菜單，才發現兩個人不太好點菜，因爲很多招牌菜例如烤山豬肉要事先預訂，加上他又微挑食、不敢吃辣，所以菜單上有辣椒符號的我都不能點，至於山蝸牛、原住民血腸等太有原住民風味特色的食材，我沒把握他能完全接受，我也不敢點，所以最後我們打安全牌，點了炒蛤蠣、炒山蘇以及一隻烤魚。

哇～那烤魚實在太好吃了！魚皮上塗滿海鹽，烤得焦焦的，皮翻開後，魚肉又白又嫩，是他比較少吃的口味。歐吉桑問我是不是很貴？我說：「還好，才兩百八十元。」他露出驚訝表情，用日文跟我說：「便宜捏！」我們用餐那天，店裡客人不多，餐廳裡三臺電視同時播放著原住民歌曲和MV，彷彿有原住民朋友在旁邊唱歌跳舞給你看。看到歐吉桑笑咪咪的表情，我知道他吃得還滿開心的。

過去，每當有人稱讚我孝順，我都覺得不敢當，雖然我對母親眞的有盡心盡力，但對待親生父親卻不是相同待遇，「孝順」一詞，我不確定自己是否配得上。

如今，有歐吉桑讓我練習，而我原本以爲，「孝道」兩個字在我母親走後，就再也與我無關了，看來，老天爺眞的還沒有要放過我的意思，那就來吧！

12 父親節快樂：米匠板前料理

這麼多年來，我一直很討厭「父親節」。這是一個令我感到尷尬的節日，傳個訊息說聲「父親節快樂」並不難，但光是簡訊，沒有吃飯、禮物，好像又過意不去，所以後來我都裝死，刻意讓自己忽略這一天，幸好我本來就是一個很常記不得今天是幾月幾號的人，因爲我的日子幾乎是以「週」爲單位，我通常是記「今天星期幾」。

我很清楚，我對親生父親的情感是需要和解的，但我一直沒有做好準備。我不討厭他，但似乎還沒放下他在我成長過程中缺席的痛，其實多數時候，我對朋友、情人有什麼過不去的地方，只要說出來，就可以往前走了，但對於親生父親這一段，我好像還做不到，擔心自己脫口而出的實話太傷人，那不如就一直放著。

可能因爲這層關係，我從來也不曾眞的叫日本爸爸一聲「爸爸」，我還是稱他爲「歐吉桑」，而歐吉桑這個詞透過翻譯軟體以中文呈現，就是「叔叔」的意思。

從歐吉桑搬來臺北第一天，我就想著要帶他去吃中山捷運站的「米匠」。我是個很願意花錢品嘗美食的人，可能小時候母親叮囑過我「什麼錢都可以省，吃飯的錢不要省」，有了還ＯＫ的經濟能力之後，這句「吃飯的錢不要省」就被我自行扭曲成「吃好一點沒關係」，慢慢養出一張刁嘴，所以相較於一般平價的迴轉壽司，我更願意多花個幾百塊錢來吃「米匠」。

・・・

「米匠」是間無菜單的板前料理餐廳，每人一千多元，從開胃菜到湯、甜點共十五道菜，老闆是昔日信義區非常知名的「同壽司」老闆同哥。米匠是我非常愛去的一家店，在北京工作的那兩年，幾乎是每一趟返臺的必吃清單，因爲食材新鮮、師傅手藝好、有創意，環境也很舒服。相較於其他動輒三、五千元的板前，米匠的CP值很高，所以我相信歐吉桑也會很喜歡。

我常想，我不會開車，加上他現在比較沒辦法走長途的路，所以恐怕比較難帶著他到處旅遊，但我相信，美食可以成爲我們之間相通的語言，所以父親節前夕，我預約了兩個席位，跟他分享我喜歡的美食。

當天前菜是鰹魚刺身，搭配山葵和紫蘇醃漬的小黃瓜，吃下去很快就開胃了，很期待接下來上的每一道菜。接著有鮟鱇魚肝金磚，金磚是米匠很常出現的基本款，底座是烤得酥脆的吐司，上面的食材則會依時間變化，每次去都有微調的驚喜。

接下來的重點當然是一貫又一貫的握壽司，我個人認為米匠握壽司最大的特色，是很喜歡利用「疊疊樂」做成雙層口感，例如有時會把花枝跟蝦子疊在一起，或是這裡的炙燒比目魚鰭邊握，絕對跟別人不一樣，因為魚肉上方，還會鋪滿了豐富的起司絲，口感更加濃郁。

蒸蛋也是一絕，一般外面了不起是加了蛤仔或干貝的茶碗蒸，米匠的處理方式卻是加入松露，而且還會蒸到讓口感又濕又滑，像是濃湯的松露蒸蛋卡布奇諾。除此之外還有葡萄蝦、墨魚搭配昆布鹽、旗魚、青鮒搭配雞血昆布、海味手捲、黑鮪魚、鮑魚到手作甜點等，吃完保證拍肚叫絕。

去高檔餐廳開酒通常很貴，自己帶酒則會被收開瓶費，米匠只收杯子的錢，一人只要一百多元，對於愛喝酒的我而言眞是福音。這天我自己帶了支純米大吟釀，和歐吉桑吃飯喝酒相當有趣，禮數十分周到的他總是會幫我添酒，而我只要雙手呈起酒杯接過，毋須過度客氣。

．．．

跟餐廳訂位時，服務人員問說有壽星嗎？我說沒有。一度想說「但有父親」，但最後還是把話吞下去。用餐結束前，親切可愛的唎酒師爲每一組有壽星的客人送上師傅特製、用起司和海鮮做成的壽司蛋糕，上頭還插了一根蠟燭，非常有心，沒想到我們也有，因爲他們知道我們在過父親節。

結帳時，老人家又想搶著埋單，我跟他說：「因爲是臺灣的父親節，所以請你吃飯。」他的表情不置可否，看了我好想偷笑……眞的不要暗爽，怕你內傷。

這應該是我生平第一次，這麼樂意說出這句話：

「父親節快樂。」

後記 來自日本爸爸

口述／日本爸爸
翻譯協助／Kelly張

來臺北生活快一年，這段時間受Wuli君非常多的照顧，他幫我買便當、照顧我的生活起居，爲我做了很多事情，我非常感謝他。

以前在基隆的生活很方便，附近有超市、市場，我也會坐公車到處走走；來臺北之後，Wuli君全部幫我準備好所有日常所需，雖然我很想自己外出採買，但是我的腳不好，又有兩次昏倒的記錄，所以也不太敢走到太遠的地方。

我跟他媽媽結婚的時候，當時還住在日本，生活算是充裕，只是後來因爲做生意失敗，把欠的錢還清之後，太太提議回到臺灣生活，當時也受到太太和她姊姊、姊夫許多的照顧及幫忙，沒想到太太和姊夫陸續離開人世，這對我來說，打擊非常大。本來想回日本跟妹妹、妹婿生活，但是在日本要找到適合三個人住的房子，開銷會非常大，所以就打消念頭，況且Wuli君很照顧、關心我，於是就決定待在臺灣，不回日本了。

・・・

我從來沒有想到會從基隆來到臺北生活，我知道因爲我的關係，讓Wuli君的生活變得非常不自由，還要照顧我、帶我去醫院，我一直覺得給他添麻煩，眞的很抱歉，不過他願意和我一起生活，我眞的覺得非常開心跟感動。

他曾跟我說網路上有一些人認識我、喜歡我，我雖然不太明白，但還是覺得很不好意思，謝謝大家。後來他說要出書，內容是我們兩個人的生活，他之前在校稿時，有讓我看一些內容，因爲我完全看不懂，所以老實說，感受不是很大，但是覺得很不好意思倒是眞的。

・・・

我今年八十四歲了，我太太過去對我很好，也很照顧我，只是她比我早一步離開，其實再過不久我也會離去，所以，我想先對在天上的太太說：「我如果到了天國找你，請多多指教。」

註：帽帽本名吳禮強，早期日本爸爸都以為他姓「吳禮」，所以都稱他為「Wuli」君。

Eurasian Publishing Group
圓神出版事業機構
用心與你對話．視野無限寬廣
究竟出版社
Athena Press

www.booklife.com.tw　reader@mail.eurasian.com.tw

第一本 121

我的日本爸爸

作　　者／吳小帽
發 行 人／簡志忠
出 版 者／究竟出版社股份有限公司
地　　址／臺北市南京東路四段50號6樓之1
電　　話／（02）2579-6600・2579-8800・2570-3939
傳　　真／（02）2579-0338・2577-3220・2570-3636
副 社 長／陳秋月
副總編輯／賴良珠
專案企畫／沈蕙婷
責任編輯／歐玟秀
校　　對／歐玟秀・林雅萩
美術編輯／金益健
行銷企畫／陳禹伶・林雅雯
印務統籌／劉鳳剛・高榮祥
監　　印／高榮祥
排　　版／陳采淇
經 銷 商／叩應股份有限公司
郵撥帳號／18707239
法律顧問／圓神出版事業機構法律顧問　蕭雄淋律師
印　　刷／祥峰印刷廠
2024年1月 初版

定價 370 元　ISBN 978-986-137-432-1

謝謝你請我吃飯，謝謝你陪我吃飯，謝謝你讓總是一個人吃飯的我比較不寂寞。

——《我的日本爸爸》

國家圖書館出版品預行編目資料

我的日本爸爸／吳小帽 著.
-- 初版. -- 臺北市：究竟出版社股份有限公司，2024.01
272 面；14.8×20.8 公分. --（第一本；121）
ISBN 978-986-137-432-1（平裝）

863.55　　112019736